夜にくちづけ

yoru ni kuchizuke

「ああ、ああ、やめ、しない…で、それ、それ…ッ」後ろのいいところを激しく突かれながら前を扱かれ、立て続けに絶頂が襲ってくる。（本文より抜粋）

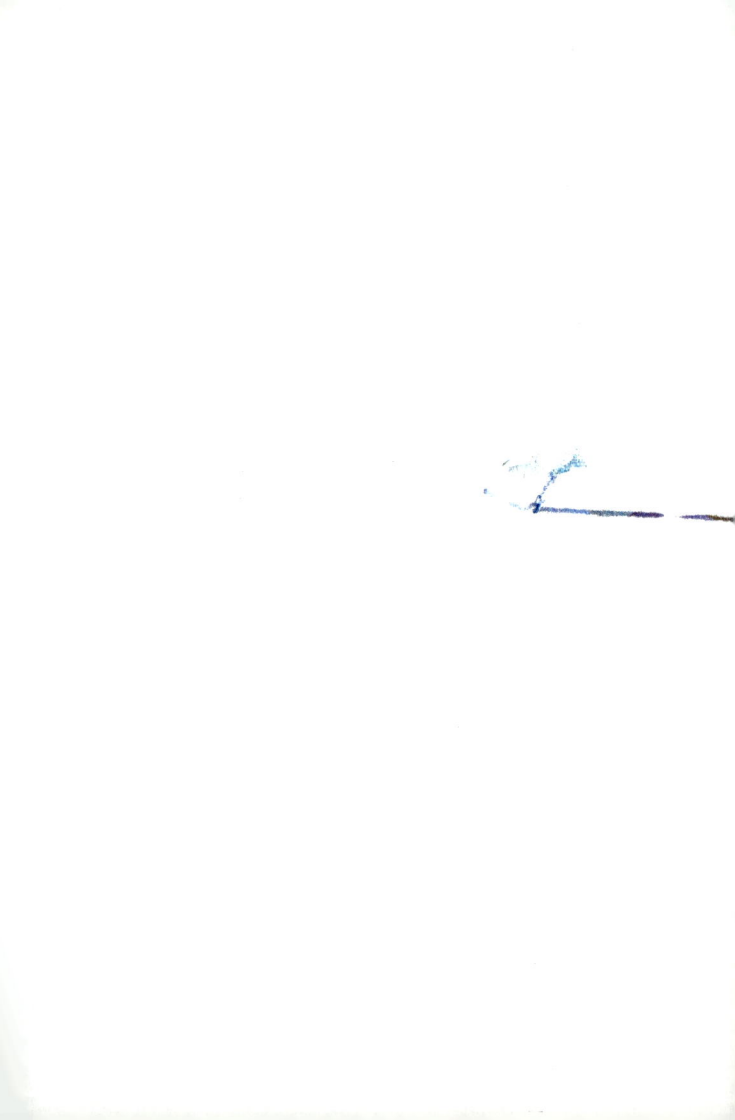

DARIA BUNKO

夜にくちづけ

名倉和希

illustration ※真生るいす

イラストレーション❋真生るいす

CONTENTS

この作品はフィクションです。
実在の人物・団体・事件などに一切関係ありません。

夜にくちづけ

ものすごくたくさん人がいる。

純理《じゅんり》は壁の花になりながら、そんな情緒のカケラもない感想をぽつりと浮かべた。

ホテル内で一番広いパーティー会場は、きらびやかな衣装に身を包む老若男女で埋めつくされていた。

みな一様に笑っている。大晦日《おおみそか》のカウントダウンパーティーとはそんな楽しいものなのかと思ってしまいそうだが、よく観察すればわかる。本心から楽しそうに談笑しているのはごくわずかで、虚栄に満ち満ちているということが。

最近ヒット作に恵まれて権勢を復活させた老舗《しにせ》の映画会社のパーティーなんてそんなものだろう。見ていて楽しいものじゃない。けれどその中心にいるのが自分の父親となると、他人事だからと冷めた目で傍観するにも限界があった。

映画監督・緒川万里《おがわばんり》は、美人女優を両脇にはべらせ、映画会社の重役を太鼓もちにし、テレビ局のプロデューサーをパシリに使い、ご機嫌な笑顔をふりまいていた。

今年で五十歳とは思えないほど幼稚な威張り方だなと、純理はため息をつく。たぶんまわりのだれもがそう思っているだろうが、ヒット作を連発している人気映画監督に面と向かってそんなことを進言する気概のある人間はいない。

万里という男は中肉中背で特にスタイルがいいわけでなく、顔のつくりだってそこそこだけれど、その底なしの才能のおかげで始終《しじゅう》人が群がる。作品の評価だけを望むストイックさとは無縁な性格なので、万里はかなり人生を楽しんでいた。

うらやましいほど天真爛漫《てんしんらんまん》な性格なのだ。万里のせいで一人息子の純理まで関係者に注目され、迷惑を被《こうむ》っていることなんてまったく頓着《とんちゃく》していない。

「君、緒川監督の息子さんだよね」

ほら来た。純理は胡乱《うろん》なまなざしを声の方に向けた。

いかにも業界人らしい金糸《ラメ》を織り込んだブラックスーツを嫌味な感じに着こなした中年の男が、室内なのにサングラスをかけて立っていた。酒の飲みすぎかゴルフのやりすぎか、肌がやけに赤黒い。腹はでっぷりと突き出していた。どこかで見たことがある男だが、純理はどこのだれだか思い出せなかった。

「えーと、確か純理くん。そうだよね」

「……そうです」

「ボクのこと、覚えているかな？　赤白エージェンシーの山本《やまもと》っていうんだけど」

この業界にまったく興味のない純理にとって、自己紹介は意味がない。聞き流している純理の態度に気づいているくせに、男は穏やかな笑顔を作ったまま崩さなかった。

「こんな隅っこでなにしているんだい？　さっきからなにも食べていないじゃないか。なにか取ってきてあげようか？」

「べつに空腹ではないので」

「そう？　ならなにか飲み物は？」

「結構です」

「はいはーい、オレンジジュースとウーロン茶、どっちがいい？」

いきなり別の男がわりこんできて、二つのグラスを純理に突き出した。革のジャケットを着た男は、最近テレビでよく見る若手の俳優だった。

「山本さーん、ズルイですよぉ。緒川監督の息子さんと親しいなら独り占めしないでオレに紹介してくださいよぉ」

くだらない。有名人の息子というだけでただの高校生でしかない純理に愛敬をふりまく人たち。純理ははやくこの場を去りたくてしかたがなくなってきた。

「君、すっごくカワイイねー」

「だろう？　ボクのところからデビューさせたくて何度も口説いているんだけどねぇ」

勝手に言ってろ。純理が黙っていると、山本は距離を詰めてきた。

「純理君、いま十七歳だっけ？　とりあえずドラマに出てみない？　絶対に損はさせないから。君なら大丈夫。成功する。亡くなったお母さん、舞台女優だったんだろう？　監督にそう聞いてさ、二十年くらい前のグラビア探したんだよ。ものすごい美人だね。純理くんそっくりだよ」

こんな話、じつは聞き飽きている。

もっと子供の頃から、純理は同様の話をあらゆるところから振られ、ことごとく断り続けているのだ。祖母が生きていたときは純理が表立って断らなくてもよかったのだが、二年前に祖母が亡くなってからは面倒このうえない。まるきり興味がないから放っておいてくれと、顔に書いて歩こうか。なかば自棄《やけ》でそう思う。

「今夜の服、すごくいいねぇ。うん、センスいいよ」

無視している純理に対して、山本はとにかく褒める作戦に切り替えてきたらしい。

だがあいにくと、今夜の服は純理が自分でチョイスしたものではない。普段着だった純理を強制的に着替えさせたのは、母親の知人だったスタイリストだ。

このパーティーに出席するかもしれないなんて、前もって連絡するんじゃなかった。

タートルネック、ノースリーブのセーターは純白でふわふわ。手首にはセーターと同じ素材で作られたリストバンドをはめさせられ、ウールのパンツも白。染めていない漆黒の髪にはワックスをつけられ、毛先を遊び感覚でぴょんぴょん跳ねさせられている。

小作りな頭と大きくて丸い漆黒の瞳が印象的な純理は、白一色の衣装とあいまって、一見では性別不明だ。十分、自覚している。はなはだ不本意だったが、この格好でないと会場に入れてやらないとスタイリストに言われてしかたなくこうしているのだ。

だが白ずくめの格好は目立つらしく、この男が声をかけてくる前も、かなりの数の視線を浴びて居心地が悪かった。

「やっぱり色が白いなぁ。目も黒目が大きくてかわいいし、うさぎみたいだ。絶対に世の中の女性たちの母性本能をくすぐるタイプだと思うよ」

かわいい、うさぎみたいと言われて、背筋にぞぞっと悪寒《おかん》が走った。気持ち悪い。

『みなさま、ご歓談中のところではありますが、ここで……』

と、純理的にはタイミング良く司会の声が響いた。山本たちの注意がそちらへ集中したすきに、純理はそーっとそばを離れる。そのまま会場から抜け出すことに成功した。

「ああ、もうどうしよう…」

一人になりたくて非常口から外に出た純理は、寒風吹きすさぶ非常階段から、通りを埋めつくしているイルミネーションを見下ろした。パーティー会場があるのは低層階なので見事な夜景とは言えない高さだが、街路樹に飾られた電飾は十分きれいな眺めだった。

「話しかけられる雰囲気じゃないじゃん…」

有名な映画監督といえども、純理にとってはただの父親だ。話したいことがあるのになかなか会えなくて、こんなところにまで来たのに。

「修学旅行、どうしよう…」

年明けそうそうに予定されている修学旅行が、いまの純理にとって最大にして最重要な問題だった。考えるだけで憂鬱《ゆううつ》になって、地の底まで潜ってしまいたくなる。

「ああ、行きたくないよぉ〜」

手すりにもたれ、ため息をつく。

そのとき、キィと非常口のドアが開いた。

「ふぅ、なんて大晦日だ…っと、失礼。先客だ」

どこかノーブルな響きの声とともに現れた黒ずくめの男に、純理は目を見張った。男も純理の顔を見て、切れ長の目を一瞬、見開く。

男はかなり背が高く、薄暗くてもわかるほど目鼻立ちが整った容姿をしていた。下から吹き上げてくる寒風に長めの髪と黒いロングコートの裾をはためかせて、男はしばし茫然《ぼうぜん》としたように純理を見つめる。

あまりにも無言のまま男が凝視しているので、もしかして自分の素性を知っている業界の人なのかと純理は視線を落とした。

「やあ、今晩は。君も外の空気を吸いに来たのかな？」

不自然な沈黙を取り繕うように、男が明るい口調で笑いかけてきた。

「なるほど、こんなところから見る大通りのイルミネーションもけっこうきれいだね。ここは君の特等席？　俺も仲間に入れてもらっていいかな？」

近くに寄ってきた男を、純理はあらためてそっと窺《うかが》い見る。

男は近くで見るとよりいっそうハンサムだった。年は三十代初めくらいだろうか。男らしく理知的な眉、目尻は凛々《りり》しく切れ上がっているけれど包み込むような優しさを感じさせる褐色の瞳、すっきりと通った鼻梁《びりょう》。大人なのにいたずら小僧のような笑みを浮かべた厚めの唇が、たまらなく色っぽく見えた。

ただのハンサムならば、さっきのパーティー会場に俳優やモデルなど腐るほどいた。けれどこの男はそのだれとも違って見える。

どこか風変わりな雰囲気と、そこに滲《にじ》む大人の艶《つや》だろうか。

つい男の左手を見てしまう。薬指どころか、両手のどこにも指輪はなかった。

「真っ白で、うさぎみたいだな」

うさぎ。やはりだれが見ても今夜の純理はうさぎのイメージらしい。

さっき山本に「うさぎ」と言われたときは悪寒しかしなかったのに、いまは甘いバリトンの余韻がしっとりと耳に残っている。この反応の違いは、なんだろう?

純理は過去に何度か経験している自分のよくない兆候に気づき、視線をそらそうとしたが、もう目の前の男に定まってしまった目は思うように動いてくれなかった。

「寒くないのか? 上着は?」

「あ、ありません」

冷静に返そうとしたのに、未熟な自分を晒《さら》すように声がうわずった。恥ずかしくて頬に血がのぼる。変に動揺していることを悟られやしないかと、純理は幼稚な心配にうろたえた。

そこへふわっと肩になにかが被《かぶ》せられ、純理はびっくりしてふりかえる。男は自分のロングコートを脱いで純理の体をくるんでくれていた。

男の体温で温まっていたコートは、純理の冷え切った肌を労《いた》わるように包んだ。ロング丈なのに驚くほど軽い。たぶんかなり上等な品なのだろう。ほんのりと煙草の匂いとアルコールの香りが生地から漂ってくる。抱きしめられているような錯覚に、じわりと首筋が熱くなった。

頭が順序だてて理屈をこねるはるか前に、胸がトクンと不規則に打った。

マズイ、と思う。

「あ、あの、こんな……あなたの方が寒くなってしまいます」

「いいから、まだここにいるつもりなら着ていないと本当に風邪をひく」

純理がコートを返せないようにか、男はさりげない仕草で肩を抱いてきた。衣服ごしに感じる意外なほどしっかりした腕の重みや胸板の厚みに、ますます顔が熱くなってくる。

明るい場所だったら即座に気づかれていただろう。

純理は全身を硬くしたまま、なりゆきで男と二人並んでイルミネーションを眺めることになった。

「君はどこのパーティー会場の客？」

「え……と……」

わざと知らないふりをしているのか、それとも本当に知らなくて訊《たず》ねているのか判断がつかなくて、純理は口ごもる。

一見しただけでは男の職業はわからない。こんなに魅力的な人なのだから、純理が知らないだけで俳優なのかもしれない。

「俺は結婚式。このあと二次会。なにもこんな大晦日に式を挙げなくてもいいのになぁ」

結婚式…そう言われてみれば、仕立ては良さそうだがオーソドックスなブラックスーツに白いネクタイをしている。

——業界とは関係のない人だろうか。

そうであってほしいと、純理は思った。仕事がらみの下心などナシに話しかけてくれているなら…うれしい。

「結婚式は、同僚かなにかのですか?」

「高校時代の同級生だ。一番仲のいいヤツだったから、純粋に嬉しい。この年になるとなかなか踏ん切りがつかないもんだが、子供がデキたら腹をくるしかないな」

「この年って……あの、まだ若いでしょう?」

「いやいや、今年でもう三十六になった」

それには正直驚いた。五つは若く見える。

「君はいくつ？　高校生？」

「十七です」

「そうか。保護者は中に？」

「父が」

ここまで緒川万里の名前を出さないからには、本当にまったく知らないのかもしれない。それなら、無駄に警戒しなくてもいい。

「君がこんなところにいることを知っているのか？　心配してない？」

「大丈夫です。たぶん、ぜんぜん心配してません。もう勝手に帰ろうかと思っていたところだし…」

純理が苦笑気味に答えると、男もつられたように笑った。その魅惑的な笑顔がふっと憂いに満ちていく変化に、純理は目を奪われる。

「あー……煙草、吸っていいかな？」

「どうぞ」

万里がヘビースモーカーなので煙には慣れている。まれにしか帰宅しないのに、万里のせいで自宅は煙草の匂いが染み付いていた。

男はスーツのポケットから煙草とライターを取り出し、なぜか難しい顔で火をつけた。ライターをしまうと携帯用灰皿を出す。

煙草を吸っている間、男は無口になった。

煙が純理にかからないよう、横を向いて吐く。さりげないしぐさがまた純理の心をくすぐった。

よくない兆候と気づきつつも、傾いていく気持ちがとまらない。このまま進むとどうなるか、純理は嫌というほど知っていた。

純理は物心ついてから異性に関心を持ったことがなかった。

心《ひ》を惹かれるのも性的興味の対象になるのもいつだって同性。初恋は小学六年生のとき、若い担任教師だった。想うだけで精一杯だった恋は卒業と同時に終わり、中学に入学してからは優等生の先輩に憧れた。

それ以後、いろいろな同性に視線を惹きつけられているうちに、純理はおのれの好みというものがはっきり存在することを自覚した。

自分が小柄で華奢《きゃしゃ》だからかもしれないが、背が高くてなにかスポーツをやっているような引き締まった体を持つ、頼りがいのありそうな人が好きらしい。もちろん容姿は良いにこしたことはない。

はっきり言って、この男は純理のストライクゾーンど真ん中だった。

ふと、どこかで純理を呼ぶ声がかすかにしたような気がした。

「――……理く……………ん。純理くーん」

しだいにはっきりと聞こえてくる。非常口のドアの向こうだ。山本の声のように聞こえる。会場に純理の姿が見えなくて探しに来たのかもしれない。見つかったら今度は簡単には放してくれないだろう。

どうしよう。逃げようか。でもどこへ。

非常階段の上と下へ視線を走らせたが、どちらへ行っても丸見えだ。思わず救いを求めるようにとなりに立つ男を見つめる。

「君…？　どうし…」

男が言いかけたとき、

「純理くーん」

ガチャッと非常口のドアが開いた。と、ほとんど同時に、純理の視界が真っ暗になる。肩に掛かっていたはずのロングコートが自分の頭をすっぽりと覆い、その上からきつく抱きしめられていることに気づいたのは頭上からバリトンが響いてからだ。

「あ、これは、その、申し訳ない」

と焦ったような山本の声。きっとパーティーを抜け出した男女がこっそり楽しんでいると勘違いしたのだろう。

「だれかお探しですか？」

「えー、その、高校生くらいの、かわいい男の子を見ませんでしたか。白いセーターに白いズボンを穿いた…」

「見ませんでした。用件はそれだけ？」

邪魔をするなと言外に含ませた不愉快そうな口調ではっきりと言われ、山本は「そうですか…どこへ行っちゃったのかな…」とごにょごにょ呟《つぶや》きながら遠ざかる。

ふたたびガチャンと重い扉が閉まってから、ふっと硬い腕の拘束が解かれた。

体が離れてからやっと、純理は抱きしめられた事実を噛みしめる。

純理の様子から察して庇《かば》ってくれたのは頭の中で理解できる。だが、感情がついていかない。

一目で胸をときめかせてしまった男が、どんな理由があるにせよきつく抱きしめてくれたのだ。時間にしてたった十秒程度だっただろうが、ふいの抱擁は純理の未成熟な精神を揺さぶるには十分だった。

どうしよう。くらくらする――。

イルミネーションが頭の中に瞬間移動してしまったように、あちらこちらがチカチカ点滅してまともに考えられない。

「行っちゃったけど、あれで良かったか？」

ぱさり、と頭からコートが滑り落ち、肩に戻る。きっと真っ赤になっているであろう顔を覗き込まれ、純理は逃げるように俯《うつむ》いた。

「ありがとう、ございます…」

それだけしか言えない。なにかで胸がいっぱいになっている。

「できれば聞かせてもらいたいんだが……。さっきの男は、どこのだれ？」

「…芸能プロダクションの人です」

「ああ、なるほど。同じフロアでどこかの映画会社が派手にやっていたな」

男はなにごとかを考え込むようにしばらく沈黙したあと、意を決したように声を潜めた。

「なにか面倒なことに巻き込まれているなら、俺に話してみないか？　力になれるとは断言できないが、一緒に打開策を考えることはできるよ」

いったいなんのことだろう。

「深い事情があるんだろう？　君のこの容姿だ。芸能プロダクションかなにかしらないが、性《た》質《ち》のよくない連中に目をつけられたんじゃないのか。金か、もしくは弱みを握られていて、はっきり拒絶できないとしても、世を儚《はかな》む前に、とりあえず話してみないか？」

男の真摯《しんし》な目に、純理は意味もわからずうっかりうなずきそうになってしまう。

世を儚む？　非常階段に立っていた自分は、いまにも飛び降りそうに見えたというのだろうか…。

「あの、それはちょっと違…」

「絶対に口外しないと誓うよ。信用してくれていい。ああ、そうだ。まだ名乗ってもいなかったな」

男はスーツの内ポケットから長財布を出し、カード入れから免許証を抜いた。

「どうして免許…」

本籍と生年月日まで明記してある身分証明書を見せられて、純理は目を丸くする。

「名刺よりこっちの方が信用してくれるかと思って」

名前は永野浩一郎《ながのこういちろう》。年齢は本当に三十六歳だった。無事故無違反のゴールド免許。本籍は東京都港区。

「あ、あの、僕は緒川純理といいます。糸へんに者の緒川で、純粋の純に理科の理で純理」

慌てて純理も名乗る。

永野はふっと笑みを浮かべた。

「純理君か。響きのきれいな名前だね」

「い、いえ、それほどでも…」

変わった名前といわれたことはあるけれど、面と向かって響きがきれいと褒められて照れる。

「純理君。君の力になりたいんだ。話してほしい」

「えーと、その、怒らないでほしいんですけど、僕はべつに飛び降りようとしていたわけじゃないんです」

「べつに怒ったりしないさ。それならそれで安心した。じゃあ完全に俺の勘違い？　悩み事はなにもない？　君が俺をふりかえったとき、なんだかすごく…アブナイ感じがしたんだが…」

「たしかに悩み事はあります。でもさっきの芸能プロダクションとは関係ありません」

純理がきっぱりと断言すると、永野はうなずいた。

「そうか、それならいい。じゃあ悩みは別のところにあるんだ?」

「永野さんみたいな大人からしたら、本当にたいしたことじゃないと思います…」

「たいしたことかどうかは自分で決めるよ。言ってみてくれないか」

純理はしばらくためらったが、ここでなにも言わなければ永野は納得しないだろうと諦め半分で口を開いた。

「修学旅行があるんです。年が明けて新学期が始まってすぐに」

「うん。それで?」

「オーストラリアなんですけど……行きたくなくて」

「どうして?」

「……笑わないでくれますか」

「誓うよ」

永野は芝居じみたしぐさで手のひらを胸に当て、片手で十字をきった。それが妙に似合っていて、かえってふざけないでと反発する気が起こらない。わざとらしく深刻ぶられるよりずっと気が楽になった。

「飛行機が怖いんです…」

二つある理由のうち一つは、コレだ。

永野は笑わなかったが、虚を突かれたように瞠目《どうもく》した。

「飛行機が怖い…？　どこが？」

「どこがって…その…」

「たとえば金属の塊が空に浮くなんて信じられないとか、自爆テロが怖いとか？」

そんな真っ当な根拠（？）ではない。

「あの、じつは僕ってお祖母ちゃん子なんです。小さいときに母が病気で亡くなって、父は不在がちの仕事をしているので、母方の祖母に預けられたんです」

「そうか」

いきなりの話題転換にも怯《ひる》まずに永野は相槌《あいづち》をうつ。

「祖母は僕をとてもかわいがってくれたんですけど、かなり出不精で面倒くさがりで…。小学生のとき、友達が九州に引っ越しちゃって、会いに行きたいって祖母に泣きついたことがありました。その友達からの手紙に、九州は飛行機ですぐだって書いてあったから、本当にすぐ行けると思ったんです」

こんな細かいことまで人に話すのは初めてだ。会ったばかりの大人の男に父親さえ知らない話をしている自分を不思議に思いつつ、いったん滑り出した言葉は止まらない。

「お祖母ちゃんはなんと言ったんだい？」

「たぶん面倒だったんでしょう。飛行機なんてものに乗ったら極楽に連れて行かれてしまうんだよって」

「それは……すごいな…」

本気で唖然《あぜん》とした永野の顔を、純理は苦笑しながら見た。

「祖母が言うには、飛行機の何便かに一便は空のかなたに消えて戻ってこないんだそうです。それで祖父は大当たりの便に乗っていて戻ってこなかったって」

純理が物心ついたときに祖父はもういなかった。そのずっと後になってから車の事故で亡くなっていたことを知ったが、そのときにはもう純理のトラウマは出来上がっていたのだ。

「祖母からその話を聞いた直後に、間の悪いことに海外の飛行機事故の映像をテレビで見てしまったんです。ジャンボ機が着陸に失敗して炎上、乗員乗客全員死亡っていう、悲惨なニュースでした」

永野はなるほど、と嘆息した。

「飛行機の事故は派手ですけど確率的にはとても低いってことは頭で理解してます。でもこういうのって理屈じゃないんですよね。アレは怖いものだって子供のときに植え付けられたら、なかなか払拭《ふっしょく》できなくて」

「うーん、それはしかたがない。君に罪はないな。悪いが、君のお祖母さんはとてもまずいやりかたをしてしまった」

「僕もそう思います」

「じゃあ一度も飛行機に乗ったことはないのか？」

「ありません」

「乗ろうとしたことは？」

「あります。父に仕事先へ誘われて、台湾へ行こうと」

あれは十五歳のときだった。祖母が亡くなったばかりで沈んでいた純理を、さすがの放任オヤジも一人にさせるのは心配だったのだろう。はじめて仕事先へ誘われた。あいかわらず飛行機への恐怖心はあったが祖母を亡くした悲しみが深くて、半《なか》ば自棄にもなっていた。だからどうにでもなれという気持ちが強くて了承した。

「怖くて乗れなかった？」

「いえ、台風のせいで飛行機が飛ばなかったんです」

台風のせいで万里のスケジュールが狂い、結局台湾行きそのものが中止になった。

「乗ろうとしたこと自体には拒否反応はなかった？」

「なかったと思います」

あのとき予定していた便が飛んでいたら、あっさりとトラウマを克服できていただろうか？

自分のことながら純理にはわからなかった。

永野は眉間《みけん》に皺《しわ》を寄せ「うーん」と唸《うな》る。

「乗ろうとしたことには目立った反応がなかったんなら、思い切って一度乗ってしまうのはどうかなぁ。もちろん短い時間で。三十分とかのフライトで。――専門の医師にかかったことは？」

「ありません…。やっぱり、そういう病院って敷居が高くて…」

「それはそうだ。知り合いに専門医がいればいいんだが…」

真剣に受け止めて考えてくれている永野に、純理はますます好感を持ってしまう。

「……聞いてくれてありがとうございます」

二つある理由のうち一つだけでも吐き出すことができて、純理は重苦しかった胸がほんのわずかだが軽くなったような気分になった。わずか、だが。

「問題はそれだけ？」

まるで気を抜いた瞬間を突かれたようなタイミングだった。永野にまっすぐ見下ろされ、純理はもうほかに悩み事などないとあっさり切り返すことができなかった。

「まだあるんだろう？」

「どうして…そう思うんですか」

「君は修学旅行に行きたくないと言った。飛行機に乗りたくないことが理由なら、そういう言い方をしないんじゃないかと思ってね。だって修学旅行なんて一大イベントだろう。旅行には行きたいけれど飛行機が怖いっていうならわかるが、君は旅行自体に行きたくないみたいだ」

勘がいい人なんだなと、純理は困惑しながらうつむいた。

「もしかして学校でイジメにあってる？」

「いえ、そんなことは…」

「じゃあ、なに？　言えないか？」

言えない。同性のクラスメイトの肉体を意識してしまうなんてこと。

永野はきっとふつうに異性を愛することができる人だ。こんなに格好よくてこんなに優しいのだから、よりどりみどりだろう。そんな人に向かって、最近自覚したばかりのおのれの性癖を告白するのは恐怖だ。

「……きっと、おかしいって思うに決まってます。自分でもおかしいって思ってるし…」

「だからそれがなんなのか、教えてくれないか。一人で悩むより、いい解決策が見つかるかもしれないだろう？」

「無理です。そんなの」

「聞いてみないとわからないよ」

純理はなにも言うまいと、ぎゅっと唇を噛みしめた。

「純理君…」

永野が純理の肩へと手を伸ばそうとしたとき、スーツのポケットから携帯電話の電子メロディが聞こえてきた。

「ちょっとゴメン」

純理に断ってから永野は携帯を取り出した。

『おい、浩一郎！　おまえ、いまどこにいるんだよ。もうすぐ二次会始まるぜ』

純理にも聞こえるほどの音量で電話をかけてきた相手が怒鳴った。永野は顔をしかめながらすこし耳から離す。

「もうそんな時間か。ああ、わかっている。忘れていたわけじゃない。ちゃんと行くから」

そうだ。永野は結婚式の二次会があると言っていた。いつまでもこんな場所で純理の話を聞いてくれるわけではないのだ。永野があまりにも親身になってくれたから、そんなことも忘れていた。

永野は通話を切ると、純理をふりかえって肩をすくめた。

「そういうわけだから……」

あまりにもあっさりと永野がしかたなさそうに一歩下がったので、純理はカチンときた。

あれだけ信用してくれとか誓うとかぼろぼろと重い言葉を使っておきながら、この豹変ぶり。やっぱり大人にとって高校生の悩みなんてたいしたことではないのだ。

「これ、ありがとうございました」

黒のロングコートを脱ぎ、純理は永野に差し出す。すっかり忘れていた刺すような寒風に身を竦《すく》ませながら、情けなさのあまり涙が滲んでしまいそうな目をごまかすためしきりに瞬《まばた》きをくりかえした。

「ああ、いい。上着を持っていないなら君にあげるよ」

「…もらえません」

「じゃあ、まだここにいるなら貸してあげる。俺は今夜このホテルの部屋に泊まる予定だから、君が帰るときにフロントに預けてくれれば…」

「結構です」

純理のまわりに見えない壁が作られたと気づいたのか、永野は困ったように風で乱れた前髪をかきあげた。

「純理君…」

「もう気を遣ってくれなくても結構です。お友達が呼んでいるんでしょう。はやく行かないと二次会が始まっちゃいますよ」

たとえ気まぐれでも優しく話を聞いてくれた人に対して、かわいくない態度だと自分でも思う。取り繕う余裕があるほど純理が大人だったら、いまここでこうして鬱々《うつうつ》としていること自体なかっただろう。にっこり笑ってさようならなんて、とても純理にはできない芸当だった。

「わかった。コートは受け取っておく。でもその格好では絶対に風邪をひくから、中に戻ろう。お父さんが一緒に来てるんだろう。呼んできてあげる」

「もういいから放っておいてください」

「放っておけないから言っているんだ」

「そんな適当なこともう言わないでくださいっ」

「適当って…」

「放っておけないなんて言いながら、二次会にさっさと行っちゃうくせに」

言っていることが支離滅裂だ。行けと追い立てたり、さっさと行っちゃうと詰《なじ》ったり。

「もう中途半端に優しくしないでください」

中途半端。自分の言葉に傷ついて、純理はじわりと涙目になった。

「落ち込んでいる子供に気まぐれで優しくして悩み事を聞いてあげて、あなたは気が済んだかもしれないけど、されたほうの僕は…僕はこんなの…」

「純理君」

「触るなっ」

伸びてくる永野の手を叩き落とす。

「もうなにもするな。僕になんか構うな。さっさと行けってばッ」

「だから行けないって!」

「こっち来るなっ」

「危ない!」

永野から逃げようと後ずさった足が宙を踏んだ。あっと声を上げる間もなく、体がふわりと背後へ傾く。

「純理君！」

次の瞬間、風に攫《さら》われるようにして視界が反転し、純理は永野に抱きしめられていた。落ちていない。痛いほどぎゅうっと永野の腕に拘束されながら、純理はしばし茫然とスーツに頬を押し付けていた。

危ないところをとっさに助けてくれたのだと、ゆっくり理解していく。

非常階段は螺旋《らせん》状になっているから落ちたとしても次の踊り場までの十数段だろう。死ぬことはないだろうが、ケガは免《まぬが》れなかったかもしれない。ケガは嫌だが、もっと嫌なのは騒ぎになってしまうことだ。

「あ、ありがと…」

「このバカ！　ここが階段だってこと忘れるな！　頭から落ちるところだったぞ！」

いきなり怒鳴られて純理は愕然《がくぜん》とした。ノーブルなバリトンが大音量でもって純理の顔面につぎつぎとふりそそぐ。

「一人で勝手に浸るな。悲劇の主人公か。とりあえず俺に言ってみろと何度も言っているだろう！　どう思うかなんて聞いた俺にしかわからないことを、言う前からぐだぐだ女々《めめ》しいこと愚痴《ぐち》るんじゃない！」

あまりの豹変ぶりに純理はぽかんと口を開いて、永野のよく動く口を眺めることしかできない。この寒い中、永野の秀麗な額にはうっすらと汗が滲んでいた。

「俺は、べつにどうしても二次会に行きたいわけじゃない。君がこれ以上、俺になにも言いたくなくて一人になりたいのならこの場からさっさと消えてあげようと思っただけだ。そうしたら唐突にキレて階段から落ちそうになる！　君はいったいなんなんだ！　俺を心臓麻痺で殺す気か！」

純理の両肩をがっしりと掴《つか》み、永野はゆさゆさと揺すってくる。視界がぐらぐら揺れるに任せて、純理はただ唖然とした。

「俺はもともと親切なんかじゃない。自分勝手な男なんだ。ああ、もうっ、自分で自分が訳からん」

純理が永野の上につくりあげていた理想の男性像が、がらがらと音を立てて崩壊していく。

これが永野の地《じ》ならば、いままでは取り繕っていたことになる。

純理が重大な悩みを抱えていていまにも飛び降りそうに見えたからだろうか。

永野なりに、純理に最大限の気を遣ってくれていたなら、きまぐれに優しくされて…なんて言われて逆ギレしたとしても責められない。

でも——こんな永野の方が胸に迫る。

純理のために怒ってくれているのだ。どうでもいい存在にならこんなにも真剣に怒ったりはしないだろう。

面と向かって怒鳴られて、純理は不思議なことに嬉しくなってきた。

「あの、永野さん、ごめんなさい…」

「謝らなくていい。俺が勝手にうろたえているだけだ。一目でかわいいと思ったのがそもそもの間違いだった。この俺をこんな状態にさせて。君はどこの星から来た美少年だ」

「は？　え…と、ごめんなさい…」

「だから謝るな。謝るくらいなら、俺のこの混乱した中身をどうにかしてくれ」

……どういう意味だろう……？

純理は本気でわからなくて、首を捻《ひね》る。

永野はまくしたてていた口をふと閉じ、魂が抜け出してしまいそうな盛大なため息をついた。

そして、あらためて純理の細い背中をぎゅうっとばかりに抱きすくめる。

その腕はかすかに震えていた。

「…………落ちなくてよかった…」

純理の髪に口元を埋めて、永野は掠《かす》れた声でぽつりとこぼす。

「このきれいな顔と体にひとつでも傷がついていたら、俺は一生、自分を責めていた」

えっと純理は息を飲んだ。

まるで愛の告白のようなセリフに、抱きしめられたまま視線を泳がせる。

そんなはずはないのに。出会ったばかりなのに。お互いに、なにも知らないも同然なのに…。

そっと腕の拘束を解き、永野は純理の茫然とした顔を見つめた。壊れ物を扱うような手つきで、純理の白い頬を撫でる。

「……この世のものじゃないみたいだ…」

つぶやきは、純理の唇に落ちた。

静かにくちづけられ、純理は目を瞬く。

ファーストキス。正真正銘、初めてのキスを、名前しか知らない会ったばかりの男に奪われてしまった。

すぐに離れていった永野の唇を目で追う。

色っぽいと思った、厚めの唇。そこに触れてみたいという衝動のままに、純理は指を伸ばした。下唇を指先でなぞってみる。つづいて上唇。

永野は微笑を浮かべて、されるままになっている。

「嫌じゃなかったか、キス」

「…うん」

返事を聞くやいなや、今度は嚙み付くようなくちづけを仕掛けてきた。

後頭部を片手で押さえられ、もう片手で腰を支えられる。逃げられないようにされ、予告もなく侵入してきた舌に歯列を舐《な》められた。柔軟に動く永野の舌に抵抗するすべもなく、おろおろしていた舌を捕らえられて絡みつかれる。舌と舌が絡みつく感触に、背筋が震えた。

永野は純理の口腔内をたっぷりとかきまわしたあと、今度は逆に純理の舌を自分の口腔に誘い込んだ。舌先を甘噛みされて腰が痺れる。

気持ちいい…。キスがこんなに気持ちいいものだなんて知らなかった。

くちくちと粘着質な音がいっそう体を熱くする。純理は初めての濃厚なくちづけに夢中になって、もっともっととせがむように永野のスーツにしがみついていた。

飽きることなく舌を絡めていたのに、永野の唇が重なったままふっと笑みを漏らす。

「あ……ンッ」

唇が離れちゃった――。

純理はぼうっと熱を孕《はら》んだ目で、永野のいたずらっぽい笑顔を見つめる。

キスのつづきをしてほしくて…ねだるような視線になっていることに純理本人は気づいていなかった。

「もっとしたい？」

ストレートに聞かれて純理は半分ほど我に返った。吸われて濡れたままの自分の唇を前歯で軽く噛む。この場合の「もっと」という要求がどこへ向かうのか、実際に経験がなくとも純理にだって察することができる。

――したい。もっと。

永野はこんなキスができる男なのだ。

いったいどんな世界へ連れて行ってくれるのだろう。純理を男の子だとわかっていてのキスと誘惑だ。永野は同性相手にそういう行為が可能な男なのだと解釈していいのだろう。

これは幸運と呼んでもいいにちがいない。

理想が具現化したような容姿の男が、自分と同じような性嗜好《しこう》の持ち主だったなんて、めったにあることじゃないことくらい、簡単に予想がつく。

どうしよう？　どうすればいい？

純理は自分がこんなに流されやすい人間だとは知らなかった。激しいキスひとつで、すっかり判断力を失っている。このまま流されてもいいと……流されてしまいたいと望んでいる、いやらしい自分が体の中のどこかにいる。

はやく返事をしろと、せっかちなもう一人の自分が衝動的に背中を押しているようだ。

「上に行く？」

今夜宿泊予定の部屋のことだろう。

「ここより断然暖かいと思うけど」

寒いから場所を移ろうと永野は言っているのだ。そんなのただの口実にすぎない。わかっている。寒いから部屋へ行く。けれど部屋へ行ったら――。

もしここで純理が断れば、永野とはこれっきりになるだろう。きっと二度と会えない。いつかどこかですれ違っても、それだけだ。

嫌だ。これっきりなんて。この人と離れたくない、まだ一緒にいたい。

純理は理屈抜きの切ない想いを噛みしめる。

「逃げるならいまだぞ、うさぎちゃん」

からかうような口調ながら、永野のまなざしには本気の色がちらついていた。一目で惹かれた、怖いような大人の色気が、容赦なく襲いかかってくる。

こんな目で見つめられたら、なけなしの理性がぐずぐずに崩れてしまう。

「夜景、きれい？」

口が勝手に喋っていた。了承と取られてもしかたがないセリフだ。

「当然ここよりずっと眺めはいいさ」

永野の腕がいっそう力をこめて純理を抱きすくめてきたのは、逃げ道を塞ぐ意味がこめられていたのかもしれない。

「あ、僕……」

「行こう。俺も寒い。二人で暖まろうか」

「………うん…」

非常口のドアを開ける前に、純理はもう一度永野に唇を奪われた。

十二階の部屋にたどりつくまで、永野は純理の手を離さなかった。

「どうぞ」

「広…」

十畳ほどの落ち着いた色調のリビングと、ドアはないが天井までの衝立《ついたて》で仕切られているクイーンサイズのベッドという、あきらかにスイートルームとわかる部屋に通され、純理はぽかんと口を開けた。こういう部屋に純理は泊まったことがない。そもそもホテルに泊まったことがない。

部屋の豪華さについ視線を走らせ、大きな窓いっぱいに広がる夜景に目を奪われた。

「うわぁ、きれい」

一瞬、部屋までついてきた意味を忘れて誘われるように窓へと歩み寄った純理の後ろで、永野は備え付けの冷蔵庫からシャンパンを出している。

「飲むの?」

「飲まないとやっていられない気分だから」

それってつまり、純理を誘ったことをもう後悔しはじめていると言いたいのだろうか?

顔に不安が出ていたらしく、永野はふと真顔になり瓶を置くと、棒立ちの純理をくるむように抱きしめてきた。

「勝手に妙な解釈をしないでくれ。飲みたい気分なのは、らしくないことをしようとしている自分にうろたえて、酒でごまかそうとしているだけだから」

「…らしくない…って？」

「あのね、俺がいつもこんなふうに気に入った人間を即行で引っ張り込んでいると思っていないだろうな。するわけないだろう、こんなこと」

「そう…なの？」

最初からそのつもりで、こんなに豪華な部屋をリザーブしていたのかと思った。

それに永野くらい格好よければ入れ食い状態でなんでもありだと想像していた。考えてみれば永野の人間性を無視した失礼な発想である。

「これでもまっとうな社会人のつもりだ。職を失いたくないし、いまどき怖いだろう、行きずりなんて」

行きずり。

「じゃあ、僕は？」

つい聞いてしまった。やっぱりやめておこうかなと言われたらどうしようとビクつきながら、永野のスーツの裾を控えめに摘む。

ひょいと顎を持ち上げられて、ついばむような軽いキスがちゅっと降ってきた。

「永、野…さん？」

「うさぎちゃん、もう一度確認するが、年いくつだっけ」

「…十七」

「だよな」

永野は「あぁ…」とため息をつき、純理の肩に甘えるようにのし掛かってきた。

「な、永野さん、重…っ」

「まっとうな人生歩んできたはずのこの俺が、魔性のうさちゃんにころりとはまるなんて、自分で自分が信じられん…」

呆然自失気味な永野の言葉に、純理は瞠目した。

「さっき俺がどれだけ自制心働かせてキスだけに留めていたか、君はわかっていないだろう。白状すると、あのままあそこで押し倒しそうな勢いだったんだ、俺は」

「うそ…」

押し倒してどうするの、なんて呆けた疑問は、いちおう男同士の性行為がどういうものなのか知識として持っているのでわいてきたりはしないが、それほど永野が昂《たか》ぶっていたなんて嘘か冗談としか思えない。

「うそでしょ」

「嘘じゃない。やりたいさかりの十代じゃあるまいし、どうしていまさらこんな衝動と闘わなくちゃならないんだと我ながら情けなかった。うさぎは狼の気も知らないで食べてくださいオーラ出しているし、かなりまずかった…」

ぜんぜんそんなふうには見えなかった。

「だからといって離しても別の悪いヤツにお持ち帰りされそうだし、いっそのこと俺が持ち帰ろうかと葛藤《かっとう》した。まあ結局、俺自身が悪いヤツになろうと肝を据えたわけだけど。だから絶対に逃がさないつもりだった。なんとか言いくるめてこの部屋に連れてきてって、そのことで頭いっぱいだったんだ。よかった、連れ込めて…」

思わず純理は笑ってしまった。

「笑い事じゃないんだよ」

分別のつく大人をここまで狂わす魅力が自分にあるとは思えないが、永野がそう思ってくれるならそれでいい。

うれしい。たまらない幸福感に、泣いてしまいそうだ。

「永野さん…」

のし掛かってくる重みによろよろしながら、広い背中に腕を回し、そのしっかりした筋肉の厚みに純理は密かにうっとりする。

「ああ、もうダメだ」

がばっとばかりに永野は純理から体を引き剝がした。やり場のない両手を広げたまま、純理は錯乱ぎみの男をきょとんと見上げる。

「我慢できない。まずい。信じられない。どうしたんだ俺。悪いものでも食べたか？　ああ、さっきうさぎの昼食べたか」

うさぎとかうさぎちゃんとか、適当に呼ばれ放題だ。けれどそう呼ばれるのは嫌じゃない。なんだかくすぐったい。かわいいと言葉で撫でられているようで。

「白うさ」

今度は白うさときた。

「とりあえず、一回全部食べさせて」

言うやいなや永野は純理の腕を取ると、その白い首筋にがぶりと噛み付いた。


激しいキスに翻弄《ほんろう》されて夢ごこちでいたら、純理はいつの間にかベッドに押し倒されていた。永野がネクタイを緩めながら純理の白いセーターをたくしあげ、腹にちゅうと吸い付いてくる。すぐに指先が乳首に伸びてきて、ものすごくいやらしい手つきで撫でられた。

覚悟しているとはいえ、純理にとってすべてが初体験だ。自分の体にほどこされる愛撫そのものを、視覚からの刺激として楽しむような余裕はない。見ていると恥ずかしさのあまり神経が焼き切れそうだ。単に眼を閉じれば見えなくなるが、永野の方は純理のすべてを見ることができることにかわりはない。

「ま、待って」

「拒絶の言葉は一切聞けない」

「ちが、消して…」

「ん?」

「電気、消して、おねがい…」

消え入りそうな声での哀願に、永野はうっと一瞬息を詰め、無言でベッドサイドのボタンを押した。フットライトだけを残し、あとは全部消してくれる。お互いの表情が見えるていどに暗くなり、純理はほっと安心した。

衣擦《きぬず》れの音とともに、永野がスーツを脱ぎ捨てた。ワイシャツだけになって再び純理に覆いかぶさってくる。薄い生地一枚に包まれた、充実した肉体。純理はほどよく引き締まった背中に腕を這わせ、陶然《とうぜん》とした。

永野の体を見たい、直接触りたい。きっとすばらしいにちがいない。

勘のいい永野は純理の嗜好にとうに気づいていたようで、首筋に顔を埋めてきながら笑った。

「俺の体、気に入った?」

「………うん」

指摘されて羞恥《しゅうち》に全身を染めながら、純理は素直に肯定する。

「全部脱いでほしい?」

「うん」

「じゃあ先に脱がせていい？　君からすごく美味しそうないい匂いがしている」

匂いと言われてハッとした。

「お風呂、入ったほうがいい？　家を出る前にシャワー浴びてきたけど」

「こら、なに聞いていたの。君の体臭が気に入ったって言ったのに」

「た、体臭…っ？」

「ふーん、シャワー使ってきたんだ。じゃあコレは石鹸と体臭が微妙にミックスされているのかな」

わざと首筋でくんくんと嗅《か》がれて、純理はきゃーっとわめいてしまいそうになった。

「ああ、本当にいい匂い。くらくらする。まさか男を誘う媚薬入り香水なんて使ってないよね」

「なにそれ」

ぷっと吹き出したら、「笑ったな」と耳朶《みみたぶ》に噛みつかれた。思いがけないところから刺激が走って「あんっ」と鼻にかかった変な声が出てしまう。

「や、もう…」

不意打ちのいたずらはしないで、と至近距離の永野を睨んだが、それが逆効果だなんて初心《うぶ》な純理にはわからなかった。

「セーター、脱いで」

おもむろに低い声で命じられ、ちょっとばかり強引にセーターの裾をまくりあげられる。純理が自分でタートルネックから頭をよいしょと抜いているすきに、永野はウールのパンツのホックを外そうとしてきた。

「あ、永野さ…」

じたばたしている隙にするりと下着ともども抜き取られてしまう。あっという間に一糸《いっし》まとわぬ姿にされてしまった。まだ少年の色を濃く残す華奢な体を、永野が熱を孕んだ目で舐めるように見つめる。視線だけで焼かれたように皮膚が熱くなっていった。

照明を落としてもらっておいてよかった。これがもっと明るい光の中だったら、死んでしまいそうなほど恥ずかしかったにちがいない。

「純理…」

呼び捨てだ。はじめて。それも、掠れた声で熱っぽく呼ばれてしまった。

純理はそれだけで、ぞくりとわなないた。

「な、永野さ、も、脱いで…」

緊張と興奮のあまり喉がからからでうまく喋《しゃべ》れない。永野は純理にまたがったまま上半身を起こし、みせつけるように一つずつワイシャツのボタンを外していった。

フットライトのほのかな光に浮かび上がったのは、想像した以上に美しい、大人の完成された肉体だった。無駄な贅肉《ぜいにく》はもちろん、余分な筋肉もついていない、ほどよく鍛えられたバランスのいい肢体。

　惹きつけられるように両手を差し伸べた純理を、永野はきつく抱きしめてくれた。やっと重ねることができた素肌に、お互いの唇から満足のため息がこぼれる。

「純理、思っていたとおりだ…。すごく、きれいな肌。ああ、もう…、ちょっと勘弁してほしい…」

　永野はわけのわからないことをつぶやきながら、純理の胸に吸い付いてきた。膨らみのないふたつの胸を執拗に舐め回され、最初はくすぐったいだけだったのが、しだいにむずむずとした感じに変わっていく。

　唾液で濡れた胸を指先で摘《つま》まれ、純理はうっかり「あンッ」と甘えた鼻声で鳴いてしまった。永野の愛撫はがぜん勢いを増す。

　胸からはじまって首筋、鎖骨、脇の下、二の腕、肘《ひじ》、手首、手のひら、指、指の間、そして脇腹、臍《へそ》——。

「あっ、んっ、や、ゥンッ」

　全部食べさせてと永野は言ったが、まさかそれを実行するつもりなのか、純理は皮膚という皮膚を吸われ、くぼみを舐められ、突起には歯を立てられた。

　自分の体の表面に、こんなにたくさん敏感なところがあったなんて知らなかった純埋である。

　いちいち驚き、恥ずかしがり、腰を跳ね上げるような派手な反応をしてしまう。

とうに純理のものは勃《た》ちあがり、直接の刺激を求めてふるふると震えている。だが永野はまだそこになにもしてくれていなかった。

「あぁ、も、だめ…」

どんどん溜まっていくばかりの熱をもてあまして、純理はとうとう自分の下腹部に手を伸ばした。触れてみてびっくりする。たまにする自慰のときとは比べようもないほど、自分のそこがぬるぬるに濡れていた。

「純理、大胆な格好だな。自分で握って」

笑みを含んだささやきに、純理はカーッと額まで真っ赤になった。

「自分じゃなくて、俺を触ってくれないか」

「な、永野さ、の…？」

誘導されて触れたものは、体に見合った逞《たくま》しさだった。純理よりもずっとずっと長くて太くて固くて、焼けた鉄のように熱い。無意識のうちに、こくりと唾を飲んだ。

「……これ、どう、すれば…」

「こうして、ほら、擦って」

命じられるままに握った手を上下に動かすと、永野の唇から「あぁ…」と感じ入ったような息が漏れた。拙《つたな》い愛撫に感じてくれたのが嬉しくて、もっと感じてもらいたくて、純理はその行為に懸命になる。

だがそう長くは続けられなかった。永野が純理の性器に触れてきたからだ。

「ああっ」

初めての他人の手による刺激に、頭が真っ白になってしまう。永野のあの長くてきれいな指が自分のあそこを握り、擦ってくれているのだ。そう思っただけで、たまらなくなってくる。

「あっ、あっ、や、永野さ、も、ダメ、んっ」

「もう？」

「だっ、だって、あ、ンンッ、あ、いやっ」

耳朶にまた歯が立てられた。そこが弱いのだとさっき永野は確信したのだろう。純理自身も知らなかったことを、勘が良くて経験豊富な永野はさくさくと行為に取り入れていく。

「ここ、こうするといいの？」

「いやぁ、ダメ、それ、やめてぇっ」

先走りでとろとろになっている性器の先端に軽く爪を立てられて、純理はがくがくと腰を揺らした。自慰で知っている快感など、とうに超えてしまっている。イキたいのにイケない。イカせてもらえない。過ぎた快感は苦しくて、目尻から涙がこぼれた。

「ああ、これくらいで泣かれるとは」

「も、も苦し…、イキたい…」

「まだたいしたことしていないよ」

苦笑しながら永野がキスをしてくる。そのキスは顎を伝って胸に滑り、乳首を舐めしゃぶった。

「あ、あ、あ、イ、イク、そん…な、したらぁ…ッ」

「いいよ」

乳首をカリッと甘嚙みしながら、永野が促すようにきつく性器を扱《しご》いてくる。

「ひ………ンッ！」

その瞬間、純理は世界のすべてが真っ白になったように感じた。声もなく、指先まで痙攣《けいれん》しながら初めて人の手によって射精する。出し切ったあとも、ぐったりと四肢を投げ出してなかなか意識がはっきりと戻ってこなかった。

「純理、おい、大丈夫か？」

「………うん………」

「かわいいな、もう」

ククッと笑いながら永野が純理の顔中にキスの雨を降らせた。あちこちをついばみながら、体液で濡れた手を純理の後ろに伸ばしてくる。そこを触られて、純理はハッと現実に帰ってきた。

自分の両足が広げられ、間に永野の胴体が置かれている。後ろの窄《すぼ》みのまわりを濡れた指がくるくると撫でていた。

「あっ、待っ、そこ…」

「んー、ちょっと触らせて」

「え、でも、僕、したことないからっ」

「わかってる。いきなり突っ込むようなことはしない」

そんなことをされたら絶対にケガをするだろう。無事ではすまない。

永野の性器は熱く勃ちあがったまま純理の太腿に押し付けられている。こんな大きなものがそこに入るとは思えなくて、怯《おび》えながら…でも永野から離れることはできなくて、純理は逞しい肩にすがりつく。

表面を撫でられることに慣れたころ、つぷっと指先がもぐりこんできた。

「ひぁっ」

「動かないで。じっとしてて」

「で、でも…」

怖くてたまらない。指がぐっと根元まで入れられたときには、めそめそと泣き出してしまった。永野は困った顔で純理の涙を眺める。そして諦観《ていかん》のこもったため息をついた。

「わかった、もう触らない。約束するから、泣かないで」

「ほ、本当?」

「俺は君を怖がらせたり痛い目にあわせたりしたいわけじゃないんだ」

「………じゃあ、コレ、どうするの」

信じられないほど固くなっている永野の性器に、純理はおずおずと触れた。

「君がしてくれる？」

セクシーな唇で悪戯《いたずら》っぽく笑い、永野が体の位置を入れ替える。仰臥《ぎょうが》した永野の上に純理が乗るという、恥ずかしい体勢になってしまった。

知識だけならいろいろとあるが、具体的にまずなにをどうしたらいいかなんて、さっぱりわからない。だが自分だけ気持ちよくしてもらって申し訳ない気持ちは大きい。

熱く脈を打つ永野のそれをちらりと見て、覚悟を決めた。一回イッてまだ痺《しび》れたようになっている重い腰を動かし、永野の下腹部に顔をうずめる。

「えっ？　あ、ちょっと、なにもそこまでしろとは…」

永野がなにかわめいたが、先端をぺろりと舐めたら静かになった。なめらかな先の部分をぺろぺろと舐めていく。技巧などないから、ただ舐めることしかできない。大きすぎてカリのあたりまでしか口に入らないし。

きっとぜんぜん良くないだろうと不安になり永野の様子を目だけで窺えば、食い入るように拙い愛撫を見つめていた。

見られている。全裸で、男の股間に奉仕している様子を……。

羞恥と興奮に、カアッと全身の血が沸騰しそうになった。萎《な》えていた純理の性器が一気に勃ちあがってしまう。そんなあからさまな反応もすべて永野に見られているのだと思うと、消えてしまいたいほどの恥ずかしさに涙がこぼれる。けれどそれと同時に燃えるような快感に襲われているのも事実だった。

「純理、もういい。こっちにおいで」

永野の淫靡《いんび》な熱がこもった声に命じられ、純理は愛撫を中断し、濡れた唇もそのままにのろのろと厚い胸に倒れこんだ。

永野のがっしりした腰をまたぐ体勢になっていたが、理性を飛ばしてしまった純理にはそんなことより永野と視線を絡ませるほうが重要だった。

涙目の純理の頬を、永野は愛《いと》しそうに何度も撫でる。真っ赤に熟《う》れたチェリーのような唇を摘み、目を細めた。

「たまらないな……」

「あんっ、永野、さ…」

不意に昂ぶった二つの性器がぐりっと重なり、純理は甘ったるく喘《あえ》ぐ。身じろぎするとさらにごりごりと擦れ、勝手に腰が動いて止まらなくなった。

「あ、あ、いい、永野さ、きもち、いいっ」

「こら、なんだその卑猥《ひわい》な腰使いは、うっ、と、待て、ああもう…っ」

永野は純理の腰を両手で掴み、股間を擦り合わせるようにぐいぐいと動かしはじめた。猛《たけ》りきった性器と、その下の蜜がつまった袋までもが擦れあう。

がくがくと揺さぶられながら、純理はただただ永野を呼び続けた。

「ああ、永野さ、永野さ、アんっ、あっ」

「やっぱりちょっと触るね」

「あ！」

永野の手が純理の後ろに回った。あふれる先走りですっかりぬめっていた谷間は、永野の指の刺激に敏感になっている。ぬるぬると撫でられて、純理は異様な快感に背筋をのけぞらせた。

「なにも感じないわけじゃないだろう？」

「あ、うんっ」

「我慢できないくらい気持ち悪い？」

「そ、じゃない、けど、あ、ん、んくっ」

つぷっと指が入れられた。一度弄《いじ》られていたからか、さっきよりも違和感は少ない。それに擦れあう性器のたまらない快感に神経のほとんどを支配されていたからだろう、後ろを指でぐちゅぐちゅと弄られても恐怖心はあまりわかなかった。

「純理、握ってくれ、こうして…一緒に」

言われて、純理は擦れあう二つの性器を両手で握りこんだ。その上から永野の大きな手が重なってくる。そうして激しく腰を揺すれば、とろけるような快感に我を忘れた。

「あ、アン、い、いい、すご…」

「そう、上手だ」

永野の掠れた声で褒められ、泣きたいほどの喜びが快感に拍車をかける。その隙に、後ろの指が二本に増えた。ぐるぐると粘膜をかきまわすようにされて、不可思議な感覚に襲われる。

次の瞬間、がくんと腰が跳ね上がった。弄られている後ろからとてつもない快感が駆け抜け、息が止まりそうになったのだ。

「な、なに……どうし……」

「ここか。ここだな」

「永野さ…、あ、やめ、そこ、ああああっ」

自分の体の中になにかがある。そこを内側から嬲《なぶ》られると気が遠くなるほどの悦楽が走った。

「いいか？　ここがいいんだろう？」

「あーっ、いや、あーっ、あーっ」

前と後ろを同時に愛撫され、純理は泣き叫んだ。頭がおかしくなりそうだった。

髪を振り乱し夢中になって腰を使う自分を、永野が陶然と見つめていたが、純理には気づく余裕など微塵《みじん》もない。

「純理、俺のうさぎ…、すごい、きれいだ」

「ああ、ああ、も、も、イク、また、イッちゃう、う―っ、んん―っ」

「ねぇ純理、こんなふうにしてくれてるってことは、自惚《うぬぼ》れていいかな。すこしは俺のこと気に入ってくれた？」

「あ、うんっ、うん」

「俺のこと好き？　好きになってくれた？」

「うん、うん、好…き、永野さ、好きぃ」

涙で顔中をぐちゃぐちゃにして、純理は生まれてはじめての告白をした。

「一晩限りの関係じゃないよね？　また会ってくれるよね？」

そんなの純理の方がお願いしたいくらいなのに。

「またこんなふうに抱いてもいい？　いや会ったら俺が絶対にただでは帰さないだろうけど」

「うん、いいから、なにしても、いいからぁ」

クッと永野が唇を噛みしめる。

「ああ、永野さ、イク、も、だめ、イクぅ」

「いいよ、イッていい、俺も、もう…」

「な、永野さ、あぁ、永野さ、永野さ、あああぁっ！」

びくんびくんと全身を震わせながら、純理は勢いよく達した。ほぼ同時に手の中で永野が白濁を迸《ほとばし》らせる。

純理はそのままふうっと永野の胸に倒れこんだ。まさに精も根も尽き果てて、気を失ったのである。

どこかで電子メロディが鳴っている。

心地よい眠りからゆっくり浮上しているところだった。ぬくぬくと温かな抱き枕が勝手に動いて、純理は半分眠ったままムッとする。

「はい、永野。どうかしたか?」

抱き枕が喋った。驚いて目をぱっちり開けた純理は、自分が抱きついているものが生身の男の裸だと知ってぎょっとする。自分も裸だったことに、さらにぎょっとした。

「なんだ、そんなことか。こんな元旦の朝から電話かけてくるな」

携帯電話で話しながら、永野は純理が目覚めたことに気づいてそっと抱き寄せてくる。

広いホテルの部屋、ソファセットに散らかっている二人分の昨夜の服、そしてこの永野という男――。

ああ、そうだった…と純理はすべてを思い出して永野の逞しい胸に顔を埋めた。

ゆうべ、この人に一目惚れして部屋に連れてこられ、抱かれてしまったのだ。

短絡的だったかもしれないが、後悔はない。間違っていなかったと思う。だっていま、かつてないほど幸福で、穏やかな気持ちになれているから。

「いや、寂しい正月にはなりそうもないな。はは、まあね。昨夜、最高にかわいい白うさぎを捕まえてさ」

永野は軽い口調でだれかに話している。

「そういうわけで、おまえだけ寂しい元日を過ごしてくれ。じゃあな」

携帯の通話を切り、永野は純理の額にキスをした。

「おはよう。よく眠れたようだな」

「おはよう…ございます…」

照れる。エッチをした翌朝にどういう顔をすればいいのかわからなくて、純理は赤くなりながら目を伏せた。永野が喉の奥でクックッと笑う。

「君はもう、どうしてそう俺のツボを外さないんだ」

かわいい、と囁《ささや》き、永野が唇にもキスをしてきた。

「あ、あの、さっきの電話は？」

「同僚だ。俺は今日休みのはずなのに電話なんかかけてくるから何事かと思ったら、ただ暇だから飲まないかという誘いだった」

「今日休みって…お正月でしょう、会社はどこも休みに決まってるんじゃないんですか？」

「ああ、そういえばまだ言ってなかったな。俺の仕事は年末年始も交代で出なくちゃならないんだ。航空機のパイロットだから」

えっと純理は思わず体を起こした。

「パイロット…航空機の…？　あの、空を飛んでるヤツ…ですよね？」

「そう。純理の嫌いな飛行機を操縦してる」

茫然と目の前の男を見つめる以外ない。

「今度さ、お互いのスケジュールを照らし合わせて、可能なら俺の操縦するジャンボに乗ってみないか」

「えっ…」

「もちろん、短時間のフライトで」

永野が操縦する飛行機に乗る…。うまく想像できないけれど、できるんだ、そんなこと。

「俺のこと心から信頼して乗ってくれれば、苦手な飛行機を克服できるかもしれない。簡単に考えすぎかな？」

「ううん、そんなことない。永野さんが操縦してるなら……もしかしたら怖くないかも」

「じゃあ試してみよう」

純理は明るくうなずいた。

「残るもうひとつの悩みは？　まだ俺に話せない？」

永野は忘れていなかったようだ。昨夜、純理が口を割らなかったことが、かなり不満だったのだろう。

もうひとつの悩みは——自分の性癖。修学旅行で一週間も寝食をともにしたら、クラスメイトたちになにかボロを出しそうで怖い…。

それが永野に言えなかった悩みだ。

「言ってほしい。言わないと放してあげないよ」

永野は純理を痛いほどにぎゅうぎゅうと腕で締めつけはじめた。

「痛い痛い。永野さん、言うから、全部言うから放して」

「よし、いい子だ」

締めつけ攻撃は止めてくれたが、がっちり抱きこまれた腕は解いてくれない。固い腕で包まれる幸せを、純理は噛みしめた。

昨夜、行為の最中に、永野が何度も純理の気持ちを確かめ、また会ってくれるかと聞いてくれていたのを覚えている。

一夜限りじゃない。また会ってくれる。

そういう関係は、恋人って呼ぶんじゃないだろうか——そう考えただけで頬が赤らむ初心な純理だ。

「あのね、もうひとつの悩みって、じつは…」

恋人に隠し事はいけないだろうと、純理はいままでだれにも言えなかったことをゆっくりと話しはじめた。

会いたいのに会えないという恋の苦しみを、純理は十七歳になって初めて経験している。

授業中は携帯電話禁止とわかっているのに、立てた教科書の陰でこっそりフリップを開く。あの人からのメールが届いていないかとかすかな期待をこめてちらりとのぞき見たが、携帯はなにも受信していなかった。きっと勤務中なのだろう。もしかしたらフライトの真っ最中で携帯の電源はぶっちり切られているのかもしれない。

純理はため息をつきながら一月の寒空を、窓越しに仰ぎ見た。

今日の東京はどんよりと曇っている。日本列島全体を寒気が覆うらしく、夕方から雪が舞うかもしれないと、今朝の天気予報で言っていた。

永野はいまどこにいるのだろう。どこの空を飛んでいるのだろう。

雲の上は下界の天候など関係ない。真っ青な空と白い雲の間を、永野が操縦するジャンボ機は悠然と飛んでいるのだろうか。

はぁ…とまたため息をつき、純理はもう一度手の中の携帯を見つめた。

休み時間のたびにちまちまとメールを打つ純理に、永野は一日に一回か二回くらいしか返事をくれない。だからといって、けっして冷たいわけではないと――思う。

携帯という機器が生活に密着してなくてはならないものとなっている世代の純理とはちがい、

永野にとってはただの連絡用の便利なものにすぎないらしく、相手の存在を確かめて繋《つな》がりを持っていたいという純理のささやかな願いはどうも理解されていないようだった。

航空機のパイロットという職業柄、永野は勤務が不規則だ。逆に、純理は土日休みの高校生。毎日のように会いたいとわがままを言うほど純理は子供ではないつもりだったが、まさかこんなにも会えないとは思ってもいなかった……。

あの劇的な出会いの大晦日の夜。そして幸福に包まれた元旦の朝。初めてのセックスと永野の優しさに身も心もとろとろになって、純理はこれからの楽しい恋人関係を微塵も疑っていなかった。だがつきつけられた現実は、厳しいなんてものじゃない。

元旦の午後、翌日は早朝から勤務だという永野はホテルをチェックアウトした。

ノースリーブのセーター一枚きりだった純理のために、永野はホテル内のブティックでカシミアのショートコートを贈ってくれた。

近くのレストランで二人きり向かい合わせで遅めの昼食をとった。

食後のコーヒーを飲みながらお互いの携帯電話の番号とメールアドレスを交換し、自宅の住所も教えあう。さあ、次はいつ会えるかと純理はわくわくしながら永野がスケジュールの確認をしているのを見守った。

「純理、新学期は何日から？」

「八日の月曜日」

「………」

難しい顔をして黙る永野に、純理は「どうしたの？」と無邪気にたずねた。

「あー、その、次は二十日の土曜日かな…」

「なにが？」

「会える日」

ぴきん、と純理は固まった。たしか今日は元旦だ。道行く人の中には、晴れ着姿の女の人や、百貨店の福袋を抱えた人がいる。

二十日？　それって、三週間近く先ってこと？

愕然として言葉もない純理の手を、永野が苦笑しながらそっと握ってきた。

「ごめん」

「…な、なんで、そんなに…」

「基本的には四日勤務二日休み、三日勤務一日休みのくりかえしだが、明日からニューヨークで一週間帰ってこない」

「じゃ、じゃあ、夜とか。帰ってきたあとにちょっと会うだけでも…」

永野は静かに首を横に振った。

「純理、夜はやめておこう。俺の帰宅時間は気象条件やなにかで時間通りにいかないことが多い。君を待ちぼうけさせるのは、俺がいやだ。それに君はまだ高校生なんだし…」

「子供扱いするなッ」

　カッとなって声を荒げてしまった。悲しそうな表情になった永野を目の当たりにして、すぐに自己嫌悪に陥る。好きな人にこんな顔をさせてしまった自分の幼稚さが情けないのと、しばらく会えないショックとで、純理は涙がこぼれそうになった。

「ご、ごめんなさい。僕が、高校生なのは、本当なのに」

「純理、誤解しないでほしい。子供扱いなんてしていないから。俺が心配しているのは、君が夜出歩くことによって危ない目にあったり、学校からなにか言われたりしないかということなんだ」

　ゆっくりと言い聞かせるように話しながら、永野は純理の手をそっとさすった。

　慰撫するような柔らかな接触が、波立つ純理の気持ちを静めていく。

　白いテーブルクロスの上で重なる手。となりの席との間にはベンジャミンの鉢植えが並んでいるのである程度の視線は遮るが完全ではないし、立ち働くウェイターからは丸見えだ。

　それなのにかまうことなく永野は純理の手に触れている。そんなことにやっと気づき、純理は遅まきながら頬を染めた。この光景を見た人がどう思うかと恥ずかしくて。でも永野のストレートな気持ちが嬉しくて。

「あの、メールは、してもいい？」

「もちろん。あまり頻繁には返せないと思うけどね」

「そんなの、いいんだ」

純理の言葉を受け取って、きちんと読んでくれれば。

「再来週の土曜日が二十日だ。翌日も休みだから、ゆっくりできる。どこかで待ち合わせて食事をしてから、俺の部屋に招待するよ。泊まる用意をしておいで」

永野の指が、きゅっと純理の指に絡みついてきた。どこか淫靡な意味を秘めた動きで。

どきどきしながら永野と視線を合わせれば、昨夜嚙み付くようにくちづけてきたときと同じ眼をしている。

紳士然とした笑顔の中で、目だけが隠しきれない野性味をたたえていた。

とたんに純理は息苦しくなる。顔が赤くなっていくのを止められない。股間が熱を孕んでしまいそうだった。

しかもそれだけじゃない。昨夜、生まれて初めて性的な意味でいじられた後ろの窄まりがずくずくと疼《うず》きはじめる。また触れてほしいと…。

「……永野さん」

どうしよう、と今度は困惑の涙を滲ませて永野に助けを求める。

純理の状態にすぐ気づいたらしく、永野は自分があからさまなまなざしで挑発してみせたくせに、本気でうろたえた。

ぱっと手を離し、冷めたコーヒーをぐいっと飲み干し、額に滲む汗を手で拭《ぬぐ》い――

「二十日まで我慢しなさい」

と自らも殉教者のような面持ちで告げたのだった。

あの日からもう二週間。約束の二十日は五日後だが、果てしなく遠く思える。

恋しさと寂しさは限界だ。大晦日の夜のことを思い出しては虚しい自慰で欲望を鎮《しず》めていたのは最初の一週間だけで、いまではする気も起こらなくなっている。永野のぬくもりや指を思い出しただけで泣けてくるからだ。

「おーい、純理」

ポンと背中を叩かれて、純理は我に返った。いつのまにか授業は終わっており、教室はがやがやと騒がしくなっていた。

真横の席の岩槻《いわつき》登《のぼる》が体ごと純理の方を向いて顔を覗き込んでいる。短い髪をライトブラウンに染めてつんつんに立たせている登は、にきびの痕が残る頬に笑みを浮かべていた。

「なになに、クールな純理クンがまた物思いにふけっちゃってるーっ」

「うるさいよ」

純理はふいと顔をそらして教科書とノートを片付ける。

「ダメだよぉ、麗《うるわ》しの純理クンがあんまり色っぽいため息ついてちゃ。ほら、まわり見てみ。みんなドキドキしちゃってるから」

そんなわけあるかと純理は教室内をぐるりと見渡し、かなりぎょっとした。何人もと眼が合ってしまったからだ。

理系クラスなので九割がた男子である。数少ない女子はトイレにでも行ったのか見当たらない。彼らは純理と眼が合うと、一様に赤くなってそそくさと視線を逸《そ》らした。

「ほらね」

「……」

「自覚しろっていつも言ってんじゃん。オレがいつもくっついて騒いでるからアブナイやつが寄ってこないだけなんだから」

登は椅子ごと近づいてくると、一転して神妙な声で聞いてきた。

「なぁ、三学期始まってからかなりアンニュイじゃん。なんかあった？」

登は本気で心配そうな顔をしている。

クラスで一番仲がいい友達だと、お互いに認知しあっている仲だ。これが逆の立場なら、純理が「なにかあった？」と登に聞いていたことだろう。

幼稚舎から大学まで一貫教育を売りにしているこの私立学園において、高等部からの途中入学は少数派だった。その少数派に純理と登は入っている。仲が良くなるのは自然だった。

「オヤジさんのこと？」

「いや、ちがう」

「じゃあなに。オンナ？」

「…………オンナじゃない」

オトコだとは、まだ純理は言う勇気がなかった。そもそも自らへのゲイ疑惑が、修学旅行の大問題に挙げられていたのだから。

「オレには言いたくないわけ?」

「そうじゃなくって、その……難しい…」

悩みを打ち明けないから友達じゃないなんて登には思われたくなかった。だがなんと言っていいのかわからない。

登はふっと息をつくと、「ま、いっか」と苦笑いした。

「旅行中ずっとホテルで同室なんだし、そのうち絶対吐かせてやる」

ニッと笑って机の中からオーストラリアのガイドブックを引っ張り出す。

「なああ、六日目の自由行動だけどさ、どこでなにするか決めたか?」

「特になにも決めていないけど」

気が重い修学旅行はとうとう来週だ。七日間の予定でケアンズとシドニーに宿泊する。移動日をのぞく中五日のほとんどはフリータイムになっており、グループ単位でオプショナルツアーに申し込んだりしている。純理と登は同じグループだった。

「二日目と三日目はグレートバリアリーフぅ〜。四日目はケアンズ熱帯動物園でコアラぁ〜。五日目はシドニーに移動してオペラハウスと王立植物園見学して、夜はシドニー天文台ぃ〜」

登はその他大勢の同級生とおなじく、オーストラリアへの修学旅行が楽しみでならないらしい。書き込んである予定をまるで歌うように読み上げている。

「さて六日目は〜？」

「木村のグループはのみの市に行くってさ」

「あー、いいね。のみの市でぶらぶらするのも」

「その日は買い物でいいんじゃないの？　どうせ山ほど土産物買うつもりなんだろ？　あちこちで買ってたら荷物になるから、六日目にまとめて買おうよ」

「そーだな」

あはは、と登はのんきに笑いながらガイドブックのショップ案内をぱらぱらめくっている。

純理はメールがこない携帯を握り締めたまま、また窓の外に視線を飛ばした。

永野の包み込むような優しい笑顔を思い浮かべる。非常階段で本気の叱り声をもらったときの厳しい目つきや、ベッドでのし掛かってきたときの身体の熱も。

いまどこにいるの。なにをしているの。

もう一週間後には飛行機に乗らなくちゃいけないのに、どうすればいいの。

永野が操縦する機に乗ってみようという案は、案のままで終わってしまいそうだ。ただ救いは、旅行直前の今週末に、永野の部屋へ遊びに行けるということだった。

巨大なクモのオブジェをしみじみと眺め、純理は「これがどうしてママンなんだろう…」と以前登といっしょに見たときとおなじ感想を抱いた。

六本木ヒルズ66プラザに純理は来ている。待ちに待った二十日の土曜日だった。一月の冷たいビル風なんてなんのその、ダウンジャケットの襟元をかきあわせながら、期待に満ちた目で想い人の姿を探す。

元旦の夕方に別れてからずっと会えなかった永野の顔をやっと見ることができるのだ。

お泊まりの用意をしておいでと言われたとおりに、純理はどきどきしながら一泊分の着替えをショルダーバッグに詰めてきている。恋人なんてものができたのは初めてだから、当然、お泊まりなんて初めてだ。

友達の家に泊まるのとはぜんぜん違う。今夜のことをほんのちょっとでも考えようものなら一瞬で耳まで赤くなってしまいそうだ。昨夜はあまり眠れなかった。

待ち合わせ時間まであと五分。どきどきがばくばくになってきて、心臓が口から飛び出そうっ……と勝手に卒倒《そっとう》しそうになったとき。

「純理、待たせたかな」

会いたくて会いたくて会えなかった人が、目の前に立った。

あの夜よりぐっとカジュアルな黒の革ジャンを着た永野は、目を細めて純理を見つめた。つい純理も無言で見つめ返していた。

二十日ぶりの永野は記憶の通り――いや、記憶以上に格好良かった。理知的な眉と、包み込むような優しさを秘めた褐色《かっしょく》の瞳、高い鼻梁、楽しそうな笑みを浮かべた厚めの唇、小柄な純理を見下ろしてくる長身も。

大人の魅力に満ちた永野に吸い寄せられるように、純理はふらふらと足を進め、ふわりと抱きとめられた。たくましい腕にきゅっと抱きしめられて、泣きたくなるような安堵《あんど》に胸がいっぱいになる。さらにウッディ系の香水が鼻腔《びこう》をくすぐり、純理は心底ダメになりそうになった。

「純理、お腹は空いていないか？　夕食にはまだ早いが、なにか軽く食べても……って、大丈夫？　どこか具合が悪いのか？」

くったりと永野に抱きしめられたまま離れない純理を不審に思ってか、顔を覗き込んでくる。涙ぐんでいる自分に気づかず、純理は曇る視界を払おうとまばたきを繰り返しながら「大丈夫」と首を横に振った。

ふたたび永野に会えた安堵のあまり、足が萎えてしまいそうだったのだ。

初めて会ったその日のうちにセックスして、以来二十日間も会えなかった。メールと電話でやりとりをしていても、やはり自分はそうとうに不安だったのだと、純理はここにきて自覚した。

永野にとって一夜の遊びだったとしたら……それとも誘って寝てみたはいいがつまらなかったとか……具体的に想像してはいなかったが、心のどこかでその可能性を否定できていなかった。いま永野の顔を見るまで、ものすごく不安だったのだ。

「純理？」

「な、永野さ…」

つるつる滑る革のジャケットを縋《すが》るように握りしめ、純理はほとばしる想いを隠せずに口にした。

「会い、会いたかった、ずっと」

「俺もだよ」

「今日……会ってくれてありがとう」

永野ははっとしたように目を見開き、いまにもこぼれそうなほどの涙をたたえた純理の目尻に指先で触れてきた。

「ごめん。長かったね」

純理の気持ちを正確に察してくれたようで、永野は純理の額にキスをした。こめかみと、頬にも、優しく。

「君を不安にさせるつもりはなかった。悪かったね。君は電話やメールでは明るくて元気だったから、俺に会えなくとも十分に日常生活を楽しんでいると思っていたよ」

「そんなこと、あるわけないよ。毎日、毎日ずっと、永野さんのことばっかり考えてた。会いたくて、会いたくて、頭がおかしくなりそうだったんだから。あの夜の記憶が薄れそうで、すごく、怖かった…ッ」

とうとうぽろりと涙がこぼれた。永野はうろたえたように視線をそらし、純理の肩を抱えるようにして歩き出す。

「行こう」

「どこへ？」

「俺の部屋」

きっぱりと言い切り、永野は早足で六本木ヒルズの界隈《かいわい》を通り抜けていく。純理はほとんど駆け足にならなければついていけなかった。

「まだ時間が早いからこのあたりですこし遊ぼうかと思っていたんだが…」

「永野さん」

「速攻で部屋に連れ込むってのも格好悪いじゃないか。たとえそうしたくても」

永野はまっすぐ前を向いたまま、ほんのちょっぴり照れ臭そうに苦笑した。

「純理、会いたくてたまらなかったのは俺もおなじだ。君の顔を見たかった。電話で声を聞くだけじゃなくて、こうして君を抱きしめて、あの夜の出来事が幻だったんじゃなかったってことを、その存在を確かめたかった」

いつしか賑やかなあたりを抜け、大使館などが点在する静かな地区に足を踏み入れていた。

しばらく歩いた先に、三階建ての瀟洒《しょうしゃ》なマンションがあった。落ち着いたレンガ調の外壁と丁寧に手入れされた植え込みは周囲の閑静《かんせい》な雰囲気に溶け込んでいる。

「ここだ。おいで」

正面エントランスは一見派手ではないが、天然石をふんだんに使った贅沢なつくりになっていた。半透明ガラスの自動ドアの脇に、数字が並んだパネルがある。そこへ永野は純理を引っ張っていった。

「ここにキーを差し込む。暗証番号はこれだ。覚えて」

「い、いいの？」

「あとでスペアキーを渡すから」

驚いて永野の顔をまじまじと見つめてしまう。

「君の不安を解消してあげたいだけだ」

「でもまだ、僕たち会ったの二度目…」

「回数は関係ないさ。そうだろう？」

「うん…」

「だれにでもスペアを渡す軽い男だとは思わないでくれよ」

「そんな、思うわけないよっ」

慌てて否定している間にドアが開き、純理はマンションの中に引っ張り込まれた。

エレベーターで二階へ。共用の通路には四つしかドアが確認できなかった。つまり、フロアに四軒。一軒あたりのスペースが広いのだろう。

永野は玄関の開け方も純理に教え、ドアを開けた。

初めて見る恋人の部屋。あたたかなオレンジ色の照明に浮かび上がる玄関と廊下、突き当たりはゆったりとしたリビングだった。

ソファはベージュ色の総革、テーブルとテレビボード、チェストはライトブラウン、足元に敷かれているのは毛足の長いチョコレート色したカーペットだった。全体的に優しい茶系でまとめられている。

「午前中に必死で掃除したんだ、これでも」

「自分でしているの？」

「一人暮らしなんだから当たり前だろう？」

「あ、そうか。そうだよね」

最新の薄型液晶テレビを、純理はこれいいなとしげしげと眺める。

「僕も一人暮らしみたいなものだけど、うちは家政婦さんがみんなやってくれるから、掃除なんて自分の部屋をたまに掃除機かけるだけなんだ。洗濯もしてくれるし、食事だけは適当に自分でやるけど…」

「ああ、そういえばお祖母さんに育てられたって言っていたね」

大晦日の夜、飛行機が苦手になった理由の中で、家の事情を簡単に説明してあった。

「お父さんはやっぱりマスコミ関係なんだろう?」

「あ、うん…」

なんとなく映画監督の緒川万里だとは言いたくなくて、純理は言葉を濁す。

父親が有名人だからといって永野は態度を変えたりはしないだろうが、十七年という短い人生の中で数え切れないほど嫌な目にあってきた純理にとって、みずからすすんで打ち明けたいことでもなかったからだ。

「お父さん、あまり帰ってこない?」

「一年の半分以上はどこかへ行ってる。家に帰ってきていても、昼夜逆転していることが多いから、ほとんど顔を合わせることないし」

「…寂しい?」

「慣れた」

つまり、寂しいということだ。

母親がいないことを不幸だとは思っていない。祖母に大切に育てられてきた。祖母が亡くなって父親といっしょに住むことになり、わかっていたことだが最初は寂しくてたまらなかった。あの大きな家の中で、何度もこっそりと泣いた。十五歳になっていたので、恥ずかしくてだれにも言えなかったが。

　そっと背後から抱きしめられて、ふわりと香るトワレに純理は目を閉じた。

「寂しくて、だれかに縋りたかった？　優しくしてほしかった？」

　永野の囁きがすこし不愉快そうに聞こえるのは気のせいだろうか。

「甘えさせてくれる人なら、だれでもよかった？」

　気のせいじゃないらしいと、純理は永野に悪いと思いつつ、ついクスッと笑ってしまった。とたんに抱きしめてくる腕に力がこめられ、ぎしぎしと痛みが走る。

「笑うな、こら。俺は真剣だ」

「だって、そんな、ありえない」

　純理は苦労して体の向きを入れ替え、永野と正面から抱き合った。至近距離にある永野の顔にそっと手を伸ばす。セクシーだと感じる、厚めの唇を指先でなぞった。

「あの晩、僕は永野さんだからついていったんだよ。そのくらい、わかっているでしょう？」

「……純理」

「永野さんも、不安に思うんだね」

　自分とおなじだと思うと、このずっと年上で立派な大人の男が、たまらなく可愛く見えてくる。愛しさのままに、純理は背伸びをして永野の唇にちょんとくちづけた。

「大人には大人なりの苦悩ってものがあるんだよ、純理。なにも知らない無垢《むく》な子にいけないことを教えていいんだろうかとか、世界がめまぐるしく変わる年頃の君にとって、俺なんか通り過ぎるだけのささいな存在に成り果ててしまうんじゃないかとか」

「ささいな存在はないよ。絶対に。だれでもいいわけじゃないし。僕は永野さんがいい」

「ありがとう」

「それにもう一つ……僕がなにも知らないのは本当だから、教えてほしい。いけないこと」

うっ、と永野はなにか変なものを飲み込んでしまったような顔になった。

「純理…」

「ダメ?」

「だったらここに連れてこないって」

攫うように、純理は寝室へ連れて行かれた。


海の底に沈んだような色調の寝室に、二人分の息遣いが満ちた。

サイドチェストのスタンドのほのかな明かりに浮かび上がる、深いブルーのシーツ。閉められた遮光カーテンの向こうはまだ陽光が満ちているとわかっていても、もう純理は一分だって一秒だって待てそうもなかった。

二十日間、待ったのだ。この日を。永野の腕を。唇を。

「ん、ん…」

ついばむようなくちづけが純理の唇に落とされる。すぐに顔中に広がって、首筋から鎖骨へと落ちていった。

永野の指がするすると純理のシャツのボタンを外していく。開いていく胸にそって、キスも滑っていった。へそのまわりを吸われ、純理はきゅっと唇を噛みしめる。同時に脇腹を撫で上げられ、ぞくぞくと背筋を震わせた。

「あ、ああっ」

たった一度のセックスで、永野は純理の体のポイントをいくつか把握したらしい。しかもそれを忘れていない。瞬く間に反応して熱を持ってしまったそこが恥ずかしくて、純理はもじもじと太腿をすりあわせた。

「純理、なにかわいいことしてるんだ？」

「だ、だって、もう…」

まだ永野は一枚も脱いでいないし、純理とて胸を開かれただけだ。始めたばかりなのに一人でヒートアップしている簡単な体が恥ずかしくてたまらない。

「恥ずかしがらなくてもいいよ。俺だって、ほら」

ぐっと下腹部に腰を押し付けられ、その硬さと熱にびっくりした。いつの間にこんなことになっていたのか、ぜんぜん気づかなかった。

永野は目を丸くしている純理の鼻先にちょんとキスをして、苦笑する。

「さっきからずっとこんな状態だ」

「うそ…」

「嘘なものか。ベッドに連れ込むことに成功して暴走しそうなのをなんとか宥《なだ》めている感じだから、これ以上あまり挑発的なことはしないようにね」

これ以上、と言われても、挑発的なことをした覚えはない純理は、小首を傾《かし》げる。まさに、そのしぐさがあどけなさすぎて大人の嗜虐《しぎゃくしん》心を刺激するなど、純理は想像もつかない。

「だから、かわいく恥らったりすることさ」

「かわいくって…そんなつもり…」

ただ恥ずかしくてアレコレ言ったり悶《もだ》えたりしてしまっているだけなのに、それが駄目と言われたら困ってしまう。

「じゃ、じゃあ、どうすればいいか、教えて。永野さんのいいように、がんばってみるから」

「君はもう…」

ああ、と永野はため息をつき、真剣な顔になっている純理の髪をかきあげた。何度も指で髪をすき、慈《いつく》しむように眺めてくる。

「たまらないな…」

押し付けられていた永野のそこが、布越しにもさらに熱を増したことがわかった。それに反応したのか、純理もますます硬くなってきてしまう。あまりにも単純すぎる自分に、純理はカアッと耳まで赤くなった。

「だから、そういう顔しちゃ駄目だって…ッ」

「あっ」

急に荒々しくシャツを脱がされた。ジーンズも下着といっしょに一気に抜き取られる。大晦日の夜とおなじように、永野は全裸になった純理をじっと見つめながら自分の服を脱ぎ始めた。ほのかなスタンドの明かりに浮かび上がったのは、二十日前と寸分違わない、完成された大人の肉体だった。純理にはない、たくましい胸と腕。素肌を重ねて痛いほどに抱きしめられると幸福の海に溺れてしまいそうになることを知っている純理は、たまらなくなって急《せ》かすように両手を伸ばした。

「純理」

永野はすぐに望みをかなえてくれた。きっと永野の望みでもあったのだろう。

「ああ…」

抱きしめられて、泣きそうになる。広い胸に、純理は頬を寄せて幸福のため息をついた。

「純理、ずっとこうしたかった」

「僕も」

「好きだよ…」

甘い囁きとともに、永野の腰が動いた。勃ちあがったもの同士がごりっと当たる。痺れるような快感に純理は喘いだ。そのまま永野は腰を蠢《うごめ》かす。双方の先端からあふれた先走りが全体に絡まり、ぬちゃぬちゃと淫《みだ》らな粘着音をたてた。

「あっ、あっ、あっ」

きつく抱きしめられたまま腰を悶えさせ、純理はただ喘ぐしかない。信じられないほどはやく頂上にたどり着いてしまいそうだった。

「あっ、ま、待って、やめてっ」

「どうして?」

低く掠れた永野の声が、さらに鼓膜から純理を蕩《とろ》けさせる。

「もう、イッちゃう、そんな、したら、イッ…」

「いいよ。何度でもしてあげるから」

「あっ、あっ、やめ、ああっ」

びくんと全身を硬直させ、純理はそのまま達してしまった。目を閉じて、震えながら白濁を吐き出す。

はぁ、とひとつ息をついて薄く目を開けば、間近で見つめている永野の顔が。

「や、見てた…の?」

「見るに決まっている。すごく、きれいだったよ」

しみじみと言われては否定もできない。額まで朱に染めて、純理は目を伏せた。

ただでさえ勝手に一人でいってしまった羞恥でいたたまれないのに、きれいだったなどと褒められては――。

「えっ？」

「力を抜いて」

片足をひょいと持ち上げられ、開いた股間に永野の手が滑り込んだ。ぬるりと冷たいなにかで濡れた指先が後ろのそこに触れ、純理は息を飲む。

「あ……」

「嫌？」

「大、丈夫…」

性的な意味で触れられるのはまだ二度目でしかない。でもそこが案外気持ちいいことを、純理は身をもって知ってしまった。必ずまた永野が触れてくるだろうと、予想もしていた。

だから初めてのときほど驚きはしない。純理はできるだけ全身の緊張を解こうと努めた。

「なにか、塗った？」

「潤滑剤」

さらりと返され、思わず永野を見つめてしまう。

「買って、きたの？」

「こんなものを用意しておくなんて体目当てだと怒る？　でもね、今日、君がここに来たら、絶対に抱くつもりだった。君のこの無垢な体をとろとろに溶かして、俺のセックスを教え込ませて、俺を忘れられなくして、君のすべてを俺のものにしたいと思っていた…。だから、そうする」

きっぱりとした口調に、永野の決心が見て取れる。

大晦日の夜、永野は純理がまだ十七歳であることを気にしていた。この会えなかった二十日の間に、その迷いを吹っ切ったのかもしれない。

「さっき、教えてほしいと言ったよな」

こくん、と純理は従順に頷く。

教えてほしい。永野の情熱を。体のすべてを。

「ここに、俺を受け入れてくれ」

そうなるだろうと、なかば覚悟はしていた。永野が望むことなら、なんだってするつもりで来たのだ。純理ははっきりと首を縦に振った。

ぬるぬると滑るそれは、純理のそこを確実に潤している。

「どう？　嫌な感じ？」

「…ううん…」

周囲を優しく撫でられて、中の粘膜が疼きだしたような気がした。不意につぷりと指が入り込み、「あっ」と純理は永野の腕に爪を立てた。

「痛い？」

「大丈、夫、でも…っ」

ぬぷぬぷと指がそこを出入りする。潤滑剤のおかげか、痛みはまったくない。奇妙な異物感は、不可思議な快感と混ざり合って純理を困惑させた。

二十日前、純理は確かにそこで快感を得た。生まれて初めて経験した、未知の快感に頭が真っ白になったのだ。またあの快感へと導かれると思うだけで、指先まで期待に満ちてしまう。

「痛くない？　増やしてもいい？」

「なに、あ、んっ」

指が二本に増やされた。抉《えぐ》るように粘膜をまさぐられ、無意識のうちに腰が揺れてしまう。達したばかりの性器はふたたび頭をもたげていたが、純理はとてもそこまで気が回らずに、足を広げて無防備にすべてを晒してしまっていた。

眩《まぶ》しいほどに白い内股の奥に男の指を受け入れ、薄い陰毛に囲まれたほっそりした性器はチェリーピンクの先端からたらたらと快楽の証《あかし》の体液をこぼしながら震えている。そんな純理の嬌態《きょうたい》を、永野が陶然とした目で見つめていることなど、本人はわかっていなかった。

柔らかくなった粘膜は、指を三本に増やしても柔軟に受け止める。どろどろになったそこが疼いて、純理は泣きそうに顔を歪ませた。

もっとぐちゃぐちゃに指でかきまぜてほしいなんて思ってはいけないのだろうか。そこまでしたらおかしいと思われてしまうのだろうか。涙目ですがるように恋人を見上げれば、こくりと生唾を飲んだ永野は褐色の瞳に獰猛《どうもう》な野性をひらめかせた。

指が引き抜かれる。埋められていたものがなくなって、純理はそこが寂しいと思った。

「純理、いいか？」

形ばかりの確認を取りながら、もう永野は後ろにそれをあてがっていた。

「永野さん…」

「純理」

ぐっと押し入ってくるものは、指よりもずっと大きくて太くて熱かった。

「あ、あ……」

広げられる。押し開かれる。

やはり痛みが走り、たまらない異物感に余計な力が入ってしまいそうになった。純理なりに懸命にそこを緩めようとしてみる。永野は時折休みながら、慎重に腰を進めてきた。

「んっ……ぁ………っ」

変えられてしまう。いままでの自分ではなくなってしまう。

わずかな恐怖と、それをはるかに凌駕《りょうが》する、好きな男とやっと一つになれる喜び。体の奥まで永野に埋めつくされ、純理は幸せのあまり涙をこぼした。

「痛い？　急ぎすぎたかな。君が辛いなら…」

「ちがう。大丈夫だから、やめないで」

うっすらと汗ばむ永野の肩にすがりつき、純理は理想的な筋肉に覆われた胸にくちづけた。

「うれしすぎて、どうにかなりそう…」

「純理」

「全部、入った？」

「入ったよ」

信じられない。あんなところに、永野の大きなものが全部入ってしまうなんて。

「気持ちいい？」

「いいよ。たまらない…」

熱をはらんだ永野のため息が嘘ではないとわかる。好きな人に、この体が快楽を与えてあげられる——なんて素晴らしいことだろう。

「動いていいか？」

こくんと純理が頷けば、永野の腰がゆらりと揺れた。

「あ…」

耐えられないほどの苦痛はない。体の奥底で繋がっている不思議な感覚に、純理は瞠目した。

やがて、指で弄られたときとおなじような心地よさが生まれてきた。

ゆっくり、ゆっくり、けれど的確に、永野は純理の内側を擦り上げ、官能を刺激してくる。

「感じる？　純理、後ろで感じてる？」

「ん、感じ、感じ…る」

「良かった…」

永野は心底安堵したように微笑《ほほえ》み、すこしばかり腰を強く入れてきた。

「あっ、あんっ」

「俺も感じる。すごくいいよ、純理。ここは？」

「あっ、あーっ、いやぁ、しないで、そこはしないでっ」

「かわいい。本当に…食べてしまいたいくらいだ」

同時に胸をいじられたり、舌を絡めるようなくちづけをされたりして、純理はただただ翻弄されてすすり泣くだけの生き物に成り果て、永野とほぼ同時に絶頂を迎えた。

後ろに受け入れながらの初めての射精は、頭の中が真っ白になるような快感だった。

ぐったりとした純理の体を、永野が軽々とひっくり返す。

「壊れちゃいそうな腰だね、純理」

即座に二度目になだれ込んだ永野に背後から貫かれた。四つん這いにされていることに気づいても羞恥に困惑している暇はない。

「あっ、あっ、いやぁっ」

視界がぶれるほどに激しく突かれ、背筋を舐め上げられて、深々とくわえこんでいる永野をきゅうきゅうと締め上げてしまう。

「なにがいや？　ここが？　こんなに美味しそうに俺をくわえこんでいるのに？」

「あーっ、やめ、あーっ」

限界まで広がっているそこを指でからかうようになぞられて、純理は跳ねるように腰を振った。その動きがさらにみずからの快感を煽《あお》り、純理は泣きながらブルーのシーツに射精した。

いったばかりの性器を、体液ごと永野がぐちゃぐちゃと揉みしだく。

「ああ、ああ、やめ、しない…で、それ、それ…ッ」

後ろのいいところを激しく突かれながら前を扱かれ、立て続けに絶頂が襲ってくる。

がくがくと痙攣し、純理は体内の永野を無意識にきつく絞り上げた。どくんと脈を打ち、いっそう膨れ上がる永野の熱さに、純理は甘い悲鳴を上げた。

「あ、ああっ、あああーっ」

「純理、いい？　いいなら、いいと言ってくれ」

揺さぶられながら上ずった声で囁かれ、わけもわからず純理はいいなりに応えた。

「いい、いい、そこ、いいっ」

「どこ？　ここ？　こうするといい？」

「ひっ」

濡れそぼった性器の先端を意地悪く爪でぐっと押され、純理は鋭い痛みに涙をこぼした。だが永野の指の隙間から、快楽の証である白濁したものがぽたぽたとシーツに滴る。

「あぁ……は………うっ………」

「かわいい、純理…」

肺が潰れそうになるほど強く、ぎゅうっと抱きしめられた。敏感な襞《ひだ》にまた欲望の奔流《ほんりゅう》が叩きつけられるのがわかる。

濡れていく。染まっていく。永野の色に。

「純理、純理…」

したたる甘さと男の激情がこめられた囁きが、しだいに遠くなる。

純理は、いつ終わったのかわからないまま、気を失うようにして深い眠りに落ちた。


目覚めたとき、純理はひとりでベッドに横になっていた。

深い海の色をしていたシーツは、永野が換えたのか南洋の浅瀬を思わせるきれいな水色になっていた。

どのくらい眠っていたのか、遮光カーテンの外は見えなくて時間がわからない。時計はないかと視線だけでベッドサイドのチェストを見やると、銀色の目覚まし時計があり、六時を指していた。午前なのか、午後なのか――おそらく、午前六時だろう。

寝返りをうつのさえ億劫《おっくう》な体の重さに、純理はため息をついた。

昨夜、永野は執拗《しつよう》だった。いったい何度抱かれたのか、途中からなにもわからなくなった。何時間抱かれていたのだろう。土曜の午後から、たぶん夜中まで。

純理が辛くなってきてもう入れないでと訴えたら、じゃあ口でしてくれと言われ、舌と顎が疲れるまで口淫した果ての精液はとても不味《まず》かった。

でもそれらが永野への恨みになるかと言えば、まったくそうではないのだから、我ながら恋に狂っていると思う。

しんと静まり返っている寝室の中、耳を澄ませば目覚まし時計の秒針が時を刻む音しかしない。

永野はどこにいるのだろう。彼が横になっていたと思われるあたりのシーツに手を伸ばせば、まだほのかにあたたかい。永野が起きた気配で、自分も目が覚めたのかもしれない。

ふと、時計の横に小さな紙袋が置いてあるのに気づいた。かわいらしいピンク色のハートが散っているファンシーな紙袋に、店名らしいロゴが黒インクでスタンプしてある。

永野のような大人の男が、こんな紙袋を使っている店でいったいなにを買ったのだろうと不審に思った。

不意に寝室のドアが開いて、パジャマ姿の永野が入ってきた。

「あ、起きた？　おはよう」

「おはようございます」

やはり朝なのだ。永野はクローゼットを開けると中からパジャマを出し、純理に渡した。よく見ると、永野が着ているものと色違いだ。

「とりあえずこれ着て、なにか食べようか。半日以上なにも食べていないから、お腹空いているだろう？」

そう言われればかなり空腹だった。昨日の昼食以来なにも口にしていないのだから当然だろう。いや、口にしたものはあるか。

ベッドの上でなにを口にしたかにわかに思い出してしまい、純理は一人で赤くなった。

「起きられる？」

「大丈夫です」

言いながら、純理はなかなか起き上がれない。後ろに激痛はないが、異物感が残っているし、なにより腰に力が入らなかった。永野に背中を起こしてもらい、もたもたとパジャマを着込んだ。

そういえば今更ながら体がきれいになっていることに気づいた。あれだけ立て続けにセックスして、体液やら潤滑剤やらでべたべたになっていたのに、全身がさらさらだ。たぶん眠っている間に永野が拭いてくれたのだろう。隅々まで。

拭かれている自分というものを想像し、純理はさらに真っ赤になった。

まともに歩けない純理をベッドに座らせたまま、永野はホットミルクとサンドイッチを運んできてくれた。永野の手作りらしい。

カーテンを開け、一月のまだ暗い朝の空を眺めながら、二人して行儀悪く寝室で食べた。

「ゆうべはちょっと箍《たが》が外れてしまった。申し訳ない」

「ああ、うん…そうかも…」

口先だけでも、そんなことはないよと否定できない。それほど永野はしつこかった。

十分わかっているのか永野は自嘲《じちょう》気味に笑う。

「我ながら驚いたよ。まさか自分があれほどケダモノじみたセックスをするなんてね」

「セッ…………」

面と向かってその単語を言葉にされるとまだうろたえてしまう初心な純理である。

「君があまりにもかわいくて、抱けるのがうれしくて、つい暴走してしまった」

「あ……そう……」

「必死になって受け入れてくれている健気な表情が、また良かったな…」

永野はしみじみと呟きながらコーヒーを飲む。

「君は体の隅々まできれいなんだね。ほくろの位置まで俺の好みだった。神に感謝したいくらいだ」

もう勘弁してほしい。これは羞恥プレイとかの一種なのだろうか？

「今日は夕方まで大丈夫だったよね？」

サンドイッチを頬張りながら純理は頷く。

明日からいよいよ修学旅行だ。早朝に家を出なければならないため、今夜はあまり遅くならないうちに帰りたい。気が進まない修学旅行だが、遅刻して他の生徒に迷惑をかけるつもりはなかった。

「飛行機対策は、なにか考えた？」

「なにも」

「悪かったね。いろいろ言っておきながら、具体的なことをなにもしてあげられなくて」

「そんなこと…」

永野はベッドサイドのチェストからピンクのハートがちりばめられた紙袋を取り、純理の前に置いた。

「気休めだけど、これを君にあげるよ」

「なに？」

これまたファンシーなリボン型シールをぺりっと剝《は》がして中を覗き込む。

「あ、うさぎ」

白いうさぎのぬいぐるみが入っていた。いや、ただのぬいぐるみではない。アイピロウだ。いっしょに入っていたカードには、お腹の部分にハーブのオイルを染みこませたガーゼなどを入れると効果的とある。胴の部分が長い、くたっとした感触の白うさぎは、かすかな笑みを浮かべた寝顔になっていた。

「これなら機内に持ち込める。君が持っていてもおかしくないと思ってね」

「うん、そうかも」

「お守りがわりに連れて行ってくれると、俺はうれしいんだが」

「持っていくよ。ありがとと」

そうだ、と純理はちょっぴり恥ずかしいことを思いつく。

「あのね、昨日なにか香水つけていたでしょう。あれ、すこしもらえないかな。この子のお腹に永野さんの香りをいつも染みこませておけば、そばにいてくれているような気がして安心できると思うんだ」

永野はうれしそうに「あとで携帯用アトマイザーに移してあげよう」と微笑んだ。

「……修学旅行先のホテルは何人部屋？」

「ツインか、エキストラベッドを入れたトリプルだよ。僕はツイン。おなじグループの登っていうやつと」

「仲がいいの？」

「一番いいかな。登も高等部からの入学だから、なんとなくいっしょにいるようになって」

「どういう子？」

「どう…って、普通だよ。特に変わったところもないし。軽そうに見えて、けっこう常識人だから、そばにいても安心なんだ」

「つきあっている彼女はいる？」

「いないんじゃないかな。いまのところ」

ふーん…と永野はまだもの言いたげな表情のまま、なにやら考え込む。

「なんでそんなこと聞くの？」

「べつに」

純理はふとその横顔に自意識過剰とも取れることが思い浮かんでしまい、否定しようと思っても否定しきれず、頬が緩んできてしまった。

「……登は、ただの友達だよ」

ちいさく、つぶやくように言ってみたら、永野はバツが悪そうな顔になった。

「疑っているわけじゃないんだ。ただその、君はきっと学校でモテるんだろうなと思ってね。男女問わず」

モテるかと聞かれれば、モテない方だとは言えないだろう。中学時代から女の子にはよく告白されたし、同性からそういう目で見られていることも知っている。

「心配なんだ。旅先では開放的になるし、我慢のきかない年頃だし……あぁ、言ってて我ながら馬鹿馬鹿しくなってきた…」

永野は自嘲気味に笑い、なかば呆《あき》れている純理の肩を抱き寄せ、こつんと額をぶつけた。

「その登君は安全だとして、夜はドアに必ず鍵をかけなさい。むやみと肌をさらすこともしないように」

「でも行くのは夏の海だよ」

それは無理と純理があっさり言うと、永野はぐらぐらと首を揺らした。

「……とにかく、いろいろと気をつけて」

白うさぎをひょいと手に取り、永野はその口に軽いキスをした。そして純理にもキスをする。うさぎごと抱きしめられて、純理もたくましい背中に腕を回した。

「楽しい旅であるように、祈っているよ」

「永野さん…」

勝手にお守りにされてしまった白うさぎは二人の身体の間で押しつぶされ、ちょっとばかり苦しそうに微笑んでいた。

生まれて初めての飛行機。あらかじめ決められていた席に座って窓から成田空港の様子を眺めるが、なんだか落ち着かない。だが落ち着かないのはなにも純理だけではなく、周りじゅうの同級生たちが浮き足立っていた。

わいわいと騒ぎながら右往左往している様子を横目で見ながら、純理は手荷物のショルダーバッグから白うさぎのアイピロウを引っ張り出した。袋状になっているお腹部分には、永野から分けてもらった香水を染みこませたガーゼが入っている。口元に押し当ててそっと息を吸い込めば、まざまざと永野の顔が思い浮かんだ。

昨日の夕方までいっしょにいた。早い朝食のあと、二人でずっと部屋にいた。いろいろなことを喋って、ときには肌に触れ合ったりした。純理の体を思いやってくれてもう激しいセックスには発展しなかったけれど、穏やかな触れ合いは十分、心を満たしてくれた。

実は、その間じゅう、永野はこの香水を身にまとっていたのだ。純理の記憶により強烈に残そうとしたのかもしれない。確かに、この香りをかいだだけで、官能の波に襲われそうになってしまう。

「おっ、かわいいの持ってんじゃん」

隣の席に座った登が白うさぎを指差した。

「なんだよなんだよ、そんなの持って。だれにもらったんだ？　いつの間にカノジョつくったんだよ」

「そんなんじゃないよ」

カレシだよとは言えないから、ぷいとそっぽを向く。しばらく黙った登は、

「この香水、メンズだな」

とおもむろに言った。

「え…」

「ポールスミス？」

当たりだろと言いたげな登の顔を、純理はまじまじと見つめてしまう。

純理自身はまったく香りに詳しくなく、この香水のブランド名も商品名も永野に聞いて覚えたのだ。香りだけでブランドを当ててしまうなんて、意外な特技を持った友達に驚きを隠せない。

「やっぱカノジョにもらったんだろ。でもおまえにはちょっとオトナっぽすぎねぇか？　それに香りとアイピロウがミスマッチだなぁ。自分で買ったわけじゃねぇだろ。いったいだれにもらったの？」

「その、香水は、父さんの昔からの知り合いに、もらったんだ。もう使わないからって。うさぎは…その、家政婦さんに、お守り代わりにって」

じわりと汗をかきながらの言い訳に、登はふーんと頷いたきり、それ以上追及してこなかった。ほっとして純理はまたアイピロウをそっと口元に添える。永野の官能的な香りを胸いっぱいに吸い込み、ほんのりと頬を染めた。

グレートバリアリーフはオーストラリア国内に十五ヶ所ある世界遺産のうちのひとつで、珊《さん》瑚《ご》によって形成された大環礁《かんしょう》群である。その大きさは約二千キロ。日本の本州とほぼおなじくらいの長さを持つ——なんてガイドブックにあった解説が吹き飛んでしまうくらい、目の前にひろがるコーラルブルーの海は美しかった。

「うっひょー、すげぇーっ」

登がおおはしゃぎで白い砂浜へ飛び出していく。我先にと、おなじグループのクラスメイトたちが走り出した。純理も置いていかれないように駆け出す。

「うわ、なにコレ、どーしてこんなに水が澄んでんだっ」

「すげーっ、空高ぇーっ」

バカンスをゆっくりと楽しんでいるらしい通りすがりの初老のカップルに苦笑されながら、純理たち総勢十名は波打ち際で騒いだ。

このあとクルーザーで沖に出て水中観測をするツアーに申し込みがしてある。水着の上にTシャツとハーフパンツという格好だが、かまわずに海水をかけあったりして、みんな一様にびしょ濡れになった。純理も頭から濡れながら、屈託《くったく》なく笑った。

初めての海外旅行は、それなりに楽しい旅になりそうだった。飛行機はなんとか無事にクリアできたうえ、みずからの性向についての心配は杞憂《きゆう》に終わりそうだからだ。

すべて永野のおかげだった。

永野という恋人ができ、彼のことで頭がいっぱいになっているおかげで、純理はクラスメイトの水着姿にうろたえることもなく、まるっきりただの友達として違和感なくこうして海ではしゃいでいられる。

心に住んでいるのは永野ただ一人。どきどきするのも永野にだけ。だれかを好みのタイプだなと思うことはあっても、ただそれだけで済んでいる。

「うわ、やべぇ、時間だ」

グループ行動のリーダーである高田《たかだ》が「移動するぞ」と声をかけると、基本的にはお行儀の良い私学の高校生たちはわらわらと集まった。頭一つ背が高い高田はひょろりとした体格に馬っぽい面長《おもなが》の几帳面《きちょうめん》な男で、時間にはうるさいタイプだった。

「十人いるか？　いるな。行くぞ」

ぞろぞろと純理たちはクルーザーの停泊場へと移動する。

海水でびしょ濡れになったけれど、日本の海のようにべたべたした感じがしない。濡れた前髪をかきあげ、純理はふと空を見上げた。

南半球の、澄んだ高い空。やはり日本とは違う。空を見るとどうしても永野を思い出す。

いまどこにいるの。なにしているの。

答える人などいない空に向かって、問いかけてみたくなる。

そのとき、パシャッ、とカメラのシャッターを切るような音が聞こえて、純理は弾かれたように振り返った。数メートル離れたヤシの樹の陰に、男がカメラをこちらに向けて立っていた。どう見ても東洋人で、肩からカメラバッグをさげている。構えているカメラも素人が扱うものではなかった。目深《まぶか》にかぶったキャップといい、自由業であることが滲み出ている洗いざらしの色褪《あ》せた綿シャツといい、おしゃれではなく穿《は》きつぶした感のジーンズといい、純理が最も遭遇したくない職種に見えた。

登が即座に気づいて純理の前に立つ。すると高田たちグループ全体がまるで訓練されたSPのように純理のまわりをザッと囲んだ。

「おいオッサン、いまこいつの写真撮らなかったか?」

登が第一声からドスのきいた声で威嚇《いかく》する。

男はきょとんとした顔でカメラを胸におろし、二、三歩近づいてきた。日に焼けた男の顔は意外にも若かった。まだ二十代後半くらいだろうか。身長は純理よりすこし高いくらいで、痩せた頬を不精《ぶしょう》なのかヒゲがちょこちょこと覆っている。あまり手入れされていないらしい髪がキャップからはみ出て肩に届いていた。

「えーと、ごめん。驚かせちゃったかな。あの、べつにぼくはあやしいモンじゃないから…」

日本人だ。登の顔つきが厳しくなる。純理も困惑していた。まさかこんなところで日本のカ

メラマンに出会うとは思ってもいなかった。父がまたなにか女優とスキャンダルを起こしたのかもしれない。

「あの、そこの君、ごめん。撮っちゃったけど、悪気はないんだ。あんまりきれいな横顔だったから、ついうっかりシャッター押しちゃって」

「ついうっかりで済むかよ、オッサン！」

登に掴みかかられそうになり、男は慌てて飛びのいた。たぶんカメラを取り上げられるのを避けたのだろう。

「本気であやしいヤツじゃないんだけどな。これ、名刺」

差し出した名刺を、登がひったくるように取り、純理に渡した。

『カメラマン　井戸田芳次《いどたよしつぐ》』とあり、事務所か自宅かわからないが目黒区の住所と電話番号が明記されていた。週刊誌やワイドショーから仕事を請け負っているかどうか、これだけではわからない。どこかの芸能事務所と繋がっているかもしれないし、この名刺がでたらめだと勘繰《かんぐ》ることもできるし。

「君たち、修学旅行？　ケアンズにはいつまでいるの？」

「んなことアンタに教える義理はないね」

行こうぜ、と登が高田を促すと、グループは純理を真ん中にして警戒態勢のまま移動を再開する。

「ごめんね、でも本当に悪気はないから！　また会いたいんだけど、あの、さっきの…」

しつこくなにかを叫んでいる男を、純理はちらりと一度だけ振り返ったが、名刺をポケットにしまうとすぐに忘れてしまった。

ケアンズ滞在中、一日目と二日目はグレートバリアリーフで遊び、三日目は熱帯動物園へ出かけた。コアラを抱かせてもらって写真を撮り、みんなご機嫌で帰路についたとき、

「やあ、また会ったね！」

忘れていたカメラマンがホテルの近くで待ち構えていた。カメラバッグは宿泊ホテルに置いてきたのか、カメラを肩から一つさげているきりだ。

「オッサン、俺たちのこと調べたなっ」

日本人の高校生が団体で行動していれば目立つに決まっている。出入りするホテルを探すことなど簡単だっただろう。

登が気色《けしき》ばんで井戸田に迫ると、男は慌てて純理に手を差し伸べた。

「君、君に話があるんだ、ねぇ、ぼくのモデルになってくれないかな」

「はぁ？」

「どこの芸能事務所に所属してるの？　連絡とって、正式にオファーすればいいのかな。でも

できればいまここで撮りたいんだけど」

「こいつはタレントなんかじゃねぇんだよ。とっとと失《う》せろ！」

純理が口を出す前に、登と高田が追い立てる。そのすきにとばかりに、純理は深窓《しんそう》の令嬢のごとく丁重《ていちょう》にホテルの中へとほかのクラスメイトたちに連れて行かれてしまった。

登と高田はすぐに追いついてきた。

「純理、ホテルの中っつっても油断すんなよ。一人で行動するな」

「うん、ありがと」

「でもまあ、オヤジさん関係じゃなかったみたいだな」

「…うん」

井戸田というあのカメラマンが純理の素性《すじょう》を知っていてモデルを頼んでいるのかどうかはわからないが、父が問題を起こしたせいでつきまとわれているわけではなさそうだ。その点だけはほっとした。

ホテルの部屋に戻ると、純理たちは明日の移動にそなえて荷物の整理を始めた。朝一番の便で、ここケアンズからシドニーに移り、そこで二泊する予定だった。

同室の登は「まだここにいてぇ〜」とぶつぶつ言いながら、あまり丁寧とは言いがたい手つきでTシャツを丸めスーツケースに投げ入れている。

「やっぱ世界遺産だと思わねぇ？　すげぇよ、ここの海」

「ハワイとは違う?」

入学金と授業料が高額なことでも有名な私学なので、在籍している生徒のほとんどは裕福な家庭の子女だった。実際に聞いて回ってみたわけではないが、海外旅行がまったくの初めてだというのは、純理くらいかもしれない。だがさすがに同級生たちが気軽に出かけているのは韓国や中国、グアムやハワイといった近くて馴染《なじ》みのある国らしく、オーストラリアへの渡航経験がある者は、純理のクラスでは一人いただけだった。

「ハワイもいいけどさ、やっぱここはいいよ。規模がちがうし。だって日本の本州とおなじ大きさだぜ！　まだ移動したくねぇ～」

「でもシドニーの天文台、楽しみにしてたんじゃないの」

「……そっちも行きてぇ」

登はブランド香水に詳しい一方、天文学にも興味があるという変わった男だ。

そのとき、ピンポーンと軽い電子音が部屋に響き、純理は「はーい」と返事をしながらドアへと立っていく。おなじグループのだれかが遊びに来たのかと思っていたら、廊下に立っていたのはバカンスそのものといったタンクトップにミニスカートといういでたちの女子生徒だった。

頬を染め、もじもじと俯く彼女はたしか隣のクラスの生徒。小柄ながらナイスバディなこの子のことを、クラスのだれかがかわいいと言っていた。

「あの、緒川クン、ちょっと話があるんだけど……いま、時間もらえないかな？」

ああ、これは……と話の内容を推測し、純理は気が重くなる。背後で登がヒューと口笛を吹いた。

「行ってらっしゃーい。ごゆっくりどうぞー」

そんなふうに背中を押されたら行かなくてはならなくなる。それなりに覚悟を決めてきただろう女の子に登の前で恥をかかせたいわけでもない。

「すこしならいいよ」

苦笑した純理に、女子生徒は花が咲いたように笑った。


涙ぐみながらホテルへと戻っていった女子生徒をビーチで見送り、純理は重いため息をつく。下手に優しくホテルの部屋まで送っていってはまずいだろうと、あえて冷たくここで別れた。

広い砂浜には夕暮れの海を堪能《たんのう》する観光客がちらほらいる。寄せては返す波の音をなんとなく聞きながら、純理はぼうっと海に見入った。

純理が断りの言葉を口にするまで、彼女は期待に満ちた輝く目で見つめてきていた。

あの子に悪いと思うけれど、純理は女の子はダメだとわかったし、いまは永野という恋人がいる。永野を見つめる自分は、きっとさっきのあの子のような目をしているんだろうなと、ぼんやり思った。

今夜はうさぎのアイピロウを抱っこして寝よう。そして永野の夢を見るんだ。

切ない気持ちを大切に抱えながら、純理は永野を想う。

不意にパシャッパシャッとカメラのシャッター音が聞こえ、純理はぎょっと振り返った。

「あ、ごめん」

しまった、という顔のあのカメラマンが、またもや数メートル離れたところにカメラを構えて立っていた。

「あの、あのさ、マジで、本当に、悪気はないんだ。君に惚れたっつーか、もうトリコになっちゃったっつーか」

ごちゃごちゃと言い訳しながらも、呆然としている純理の顔をパシャパシャと連写している。もう怒るのも馬鹿馬鹿しくなってきて、純理は無言で踵《きびす》を返す。

「ねえ、友達が言ってたように、ホントにどこの事務所にも所属していないの？　信じられないんだけど、君みたいな子が…」

井戸田はカメラを抱えて純理の後をついてきた。

「ヘンな趣味のヤツだとか疑ってる？　無理もないかと思うけど、ぼく、真剣なんだ。いまだって仕事でここに来てて、その、ＣＤジャケと旅行雑誌の撮影を兼ねてあちこち撮って回ってたんだけど、偶然君を見かけて、もうびっくりしちゃったよ。目を奪われたっていうか、その、すごく雰囲気のある子だなと思って、気がついたらシャッター切ってたんだ」

純理は芸能レポーターだとか週刊誌カメラマンだとかには何度も会ったことがある。その経験からかもしれないが、やはりこの男はその類《たぐい》ではないと思った。

「あなたどこの所属ですか？」

「フリーになったばっか。名刺の住所は事務所兼自宅。嘘じゃないから」

純理が足を止めて質問してきたからか、井戸田は表情を明るくして答えた。

「高校卒業したあと写真の専門学校行って、ファッション誌専門のカメラマンに弟子入りしてずっと助手してたんだ。それで一年前にやっと独立。ちょこちょこと こういう仕事しながら、グラビアとかも撮ってる」

「グラビア…」

「あ、興味ある？　やっぱそういう年頃だもんね。少年誌とかの巻頭にあるでしょ、ああいうのも撮るよ。井戸田って名前で探してくれれば、たまーに載ってるから。いまのところなんでも来い状態のひよっこだから。でもさ、やっぱ好きなものも撮りたいわけ。君にはピンとくるものがあったんだけどな」

「……男が好きなの？」

「ああ、そーゆー心配もしてた？　大丈夫、君に対してはそういう気持ちはないから。君に魅力がないってわけじゃないよ。ただぼくって、あんまりそういう…その…セクシュアルな面での興味が薄いっていうか、カメラのことで頭がいっぱいっていうか…不能っていうわけじゃないんだけど…この年でそれに近いかもしれないっていう…」

井戸田は赤面しながらバカ正直な告白をしている。なんだか憎めないキャラかもしれない。

でもそれとモデルの件は別だ。

「僕はモデルになる気はありませんよ」

「あ、そう…」

井戸田は落胆を隠さない。しょんぼりとした様子が哀れだった。

「でも、ここにいる間に撮っちゃった写真を回収する気はありませんから」

「え、ホント？　やった！　ありがとう！」

たぶん十枚に満たない写真でこんなに喜ばれると申し訳なくなってしまうが、これ以上の妥協はできない。

「えーと、なにかに使ってもいい？」

「なにかってなんですか」

「CDジャケット。雰囲気ぴったりのが、たぶん撮れたと思うんだけど…」

「……どんなCDですか」

「ヒット曲をオルゴール調にアレンジしたよくあるインスト集。CDショップの正面の棚にバーンと並ぶようなものじゃないから。本当はこの辺の風景写真でいいってことだったんだけど、君の横顔を入れたいなと」

　ヒット曲のインストゥルメンタル。確かに地味なCDかもしれない。井戸田の今回の仕事のメインはきっと旅行雑誌の方だったのだろう。ついでにオーストラリアの海岸の写真を撮り、CDのジャケットに使おうということだったのかもしれない。

「わかりました。いいですよ」

「ありがとう！」

　井戸田は本気で涙を浮かべながら、純理に握手を求めてきた。ごつごつとした大きな手に痛いほど握られ、複雑な心境ながら苦笑するのみにとどめた。

　世間に顔が出るのは望ましいことではないが、地味なCDらしいし、これだけ喜んでくれるのならよしとしよう。

「じゃあ、あの、連絡先だけ教えてくれる？」

　純理は差し出された手帳に、携帯の電話番号と名前だけを書いた。

　緒川純理という名前に、井戸田はいっさい反応を示さない。やはり父親が緒川万里であることを知らないようだ。

「CDが出来上がったら連絡するよ。どこかで渡したいから、会ってくれるかな？」

「会うだけなら」

「ありがとう、ありがとう！」

そこでまた握手され、純理はふりほどくのに一苦労することになった。

翌日、予定通りにシドニーへ移り、オペラハウスと王立植物園を見学した。修学旅行とは名ばかりの行程ではあっても帰国後のレポートは各自提出しなければならず、純理たちはこの日をテーマにしようと日本語の案内だけは集めて回った。

そして最終日は買い物デー。良家の子息はお行儀よくカードを切り、現金の小遣いをきれいに使いきった。夜まで歩き回ってだれもがくたくたになってホテルで眠り、翌朝はもう帰国。

出国時と帰国時は制服着用と決められているので、生徒たちはいやいや暑苦しいブレザーとネクタイに着替え、生徒教師校医総勢百五十名はぞろぞろだらだらとバスに乗り込み空港へ向かった。

「あー…帰りたくねぇ～」

純理は登のこのセリフをいったい何度聞いただろう。空港ロビーで固まって案内を待つ間も、登はだれにともなくぶつぶつ繰り返していた。

「なにかイイコトあるかと思ってたのに、なーんにもなかったしさぁ。だれかさんはもったいないことに断っちゃうし」

ナイスバディの同級生を振ってしまったことを、登は当てこする。純理は周りに聞こえてしまわないかと慌てながら、「しーっ」と指を立てて見せた。

「そのうち個人的にまた来たら？」

「絶対来る」

なにやら決意を漲《みなぎ》らせている登に呆れながら、搭乗アナウンスはまだかなとロビーをぐるりと見渡した純理の目に、信じられないものがうつった。

濃紺のダブルのスーツと同色の帽子をかぶり、白い手袋をした長身の男がスーツケースを引きながらロビーに入ってくるところだった。

スーツのボタンは金色、袖には金のラインが三本入り、左胸には翼をモチーフにしたエンブレム、おなじものが帽子の鍔《つば》にもついている。

彼は修学旅行の団体の横を通りかかると歩調を緩め、ちらりと視線をよこしてきた。おなじブレザーの制服の中に埋没している純理をすぐに見つけられたらしく、はっきりと目が合う。

ほんの微《かす》かに、彼はふわっと笑った。

「うそ……なんで……？」

あまりのことに驚きすぎて純理は呆然と動けない。

どうしてここに永野がいる？　あれはパイロットの制服だよね？　仕事中ってこと？

「うわ、カッコイイ。あれってパイロット？」

純理の視線に気づいてか、登が話しかけてきた。ハッと我にかえり、純理は目を泳がせる。

Ar

周囲の同級生たちも永野の目立つ姿にざわざわとし始めた。

「あ、行っちゃう」

登の言葉に慌てて顔を向ければ、永野は何事もなかったようにスーツケースを引きながら通り過ぎていく。永野は空港出口ではなく途中の通路で曲がった。

せっかく会えたのに。次のデートの約束は一週間後の日曜日だ。一言でもいいから話ができたら——。

いてもたってもいられなくて、純理は立ち上がった。

「どうした？」

「ちょっと、トイレ！」

永野が曲がっていった通路めがけて純理は走った。飛び込む勢いで駆け込んだ純理は、思いっきり濃紺色の壁にぶつかる。でもそれは柔らかく受け止めてくれた。

「元気そうだな、純理」

「永野さんっ」

追いかけてくるのを待っていてくれたらしい。しっかりと腰を抱かれて、純理は帽子の下の端正な顔を見つめる。ひたと瞳を合わせれば、体の芯がとろりと蕩けてしまいそうになった。

「どうして…、ねぇどうして？」

「もしかしたら君に会えるかもと期待していたが、まさか本当にこうして会えるとは思ってもいなかったな。シフトを代わってもらったんだ」

「わざわざ？　会えるかどうかわからないのに？」

「会えたじゃないか」

純理は逆る想いをこらえきれずに、永野の首にすがりつく。すぐに熱いくちづけで唇をふさがれた。自然と唇が開いて舌が触れ合った。ぬるりと絡みとられて背筋をぞくぞくと快感が走る。舌先を甘噛みされて、しがみついている手が震えた。

ひとしきり口腔をまさぐられたあと、そっと唇が離れたが、手袋をはめた指が純理のうなじを捉えて離さない。鼻先を触れ合わせたまま、永野は至近距離で熱っぽいため息をついた。

「このままどこかに連れ去ってしまいたいな…」

いっそ連れ去られてしまいたい。純理の若い体はもうなかば兆《きざ》していた。

とろんと潤んだ瞳で純理は言葉にできない想いを訴えたが、二人してここから姿をくらますわけにはいかないことくらいよくわかっていた。

「初めての空の旅はどうだった？　アイピロウの効果はあったかな？」

永野が喋るたびに、唇と唇がかすかに触れる。たったそれだけが、深いくちづけで高まっていた官能をやけに刺激した。

「効果…バツグンだった…。ぜんぜん怖くなかったし……毎晩、抱いて寝てる…」

「それはうれしい」

安堵したように笑うと、永野はご褒美とばかりに頬と額に軽いキスを落とし、抱擁を解いた。離れたとたん、一人で立っているのは心細いと感じてしまう。

「一目でも会えてよかった。心配していたんだ。安心したよ」

「実際に飛んでみたら、そんなに怖くなかったんだ。うさぎのお守りのおかげもあっただろうけど、大騒ぎしてごめんなさい」

「そんなことはいいんだよ。オーストラリアは遠かっただろう。何事もなく空の旅を楽しめたのなら良かったじゃないか」

永野は目を細め、手袋で包まれた手で純理の頬をそっと撫でる。

「ほら、もう行きなさい。きっと友達が何事かと思っている」

「……うん…」

離れがたい。けれど離れなくてはならない。胸を引き裂かれるような痛みを感じながら、純理は一歩、後ろに下がって距離を置いた。

「じゃあ、また連絡するよ」

「うん、待ってる」

永野は潔《いさぎよ》くくるりと背中を向けると、スーツケースを引きながら颯爽《さっそう》と歩いていく。後ろ姿が見えなくなるまで見送るのは、あまりにも寂しい。純理は思い切って踵を返した。

ロビーに戻るため通路の角を曲がったところで、純理はぎょっと足を止めた。

登が壁にもたれて立っていたのだ。

仏頂面《ぶっちょうづら》の登は純理をちらりと横目で見ると、魂が口からはみ出してしまいそうな大きなため息をついた。憂鬱そうな、不機嫌そうな、なんとも表現しようのない登の様子に、純理はうろたえる。

永野とのやりとりを聞かれていたとみて間違いない。トイレと言い捨てて駆け出した純理の後を親切心で追ってきてくれたのだろう。

どうしよう。まさか友達に知られてしまうなんて。自分がゲイであることをやっと認めることが出来たばかりなのに、カミングアウトする度胸なんてまだない。

「あ、あの、登…」

でもここでなんと言い訳をしても、事実は事実だ。さっきの会話をすべて聞かれていたなら、なにを言ってごまかそうとしても無駄だろう。

「どうりで最近妙に色っぽくなったと思ったら、こーゆーことだったわけ?」

「………登」

「いったいどこで知り合ったのかしらないけど、またすごいの捕まえたな、おまえ」

「つ、捕まえたって、そんな……捕まえられたって感じだから…」

バカ正直に訂正した純理に、登はぷっと軽く吹き出した。

「なに泣きそうなツラしてんだよ。べつに俺は責めてないだろ。あいつが例のポールスミスかよ？　白うさぎの」

「あ、うん……」

　思わずぽっと頬を赤らめてしまい、登がまたため息をついた。

「ほら、しゃきっとしろ。戻るぞ。おまえ、はっきり言って注目の的になってるからな」

「えっ？」

　そういえば、百人以上いる団体の雑談の声がまったく聞こえてこない。ロビーの一角を制服の群れが陣取っているのに。

　そちらへ視線を向け、純理は目を丸くした。一行のほとんどが、純理と登を興味津々といった態《てい》で眺めている。サーッと血の気が引き、ついでカーッと顔面に熱が溜まってきた。

　制服姿のパイロットが一人だけわざとらしくロビーを通りかかり、その直後に純理が駆け出しておなじ方向へ消えれば、だれもが不審に思い、勘繰るだろう。そんな簡単なこともわからなくなるほど、純理は永野の登場に舞い上がっていた。

「あの男、コレ…わざとじゃねぇ？　純理は俺様のモノだっつう強烈なアピール？」

　高校生のガキ相手にさぁ…と登の呆れたようなセリフが続いたが、純理はくらくらと眩暈《めまい》までしてきて聞いていなかった。

修学旅行が終わって二週間ほどたったころ、井戸田から携帯電話に連絡が入った。

ふつうの高校生は平日の昼間は授業中だということに気が回らないのか、要領を得ないメッセージが残されており、純理は呆れるしかない。

『あれ？　緒川君の携帯だよね？　どうしたのかな？　えっと、ＣＤが出来上がってきたんで会いたいんだけど、あの、メッセージに気づいたら折り返し電話くれるかな？　それで、ちょっと事情が…』

井戸田は電波状態の悪いところからかけてきていたのか、途中で雑音が入り、そのまま切れている。純理はこんな要領の悪い男がフリーでカメラマンなんぞして食べていけるのかと、余計な心配をしてしまった。

授業が終わってから、純理は人気のない廊下で井戸田に電話をかけた。

『ああ、緒川君！　メッセージ聞いてくれた？』

「聞きましたけど、基本的に授業中は携帯に出ることはできませんから」

『あ、そうか、高校生だったね。修学旅行に行っていたんだから当たり前か。ははははは』

高らかな井戸田の笑い声が耳に響き、純理は思わず携帯を顔から離した。

「それで、ＣＤジャケットが出来上がったんですか」

『そうなんだよ。結構、いい出来でぼくとしては気に入ってるんだけど。会って渡すついでに、ちょっと話をしたいんだ。いまから会えないかな？』

いまからとはいきなりな提案だ。こちらに大切な予定があったらどうするつもりだったのだろう。帰りに買い物に付き合ってほしいと登に言われていたが、たぶん今日でなくともいいはずだ。マイペースな井戸田に閉口しつつも、純理は登の方を断ろうと決めた。井戸田は社会人だ。たまたま今日の夕方の時間が空いたのかもしれない。

ＯＫの返事をすると、井戸田は渋谷のコーヒーショップで待ち合わせをしようと言った。乗り換えの駅なので純理は特にかまわない。

「わかりました。じゃあ、あとで」

携帯を切ってカバンを取りに教室へ戻ると、まだ数人のクラスメイトが残っていた。

「登、用事ができたから、買い物は一人で行ってくれないかな」

「ええーっ、なんだよそれっ」

登は大げさにふて腐れた顔をする。

「明日でもかまわないなら、明日にしようよ。本当に用事ができちゃったんだ」

「なに、デート？」

何気ない登の一言に、教室に残っていたクラスメイトたちが一斉に振り向いた。

「デ、デートなんかじゃないっ」

どもりながら否定したが、はたして何人が信じてくれたか…。余計なことを言ってくれたものだ。明日の朝、学校中の人間に探るような目で見られるのは確実かもしれない。

あのシドニー空港での一件以来、登以外の生徒は露骨なことを言ったり聞いたりしてこないが、興味津々なのがまなざしでわかる。とうとう孤高のアイドルが落ちたと学園中で噂《うわさ》になっていると聞いた。噂だけならいいが、純理はまだ十七歳だ。もしだれかが正義感を発揮して「淫行だ」と声を上げたら、大変なことになるのは永野の方だった。

帰国して一週間後の日曜日に永野とデートをして、当然のようにマンションで抱かれた翌日、登は鋭く「昨日、あのパイロットに会っただろ」と指摘してきたのだ。事実だったから純理は真っ赤になってしまい、会っただけでなく色っぽいアレコレがあったことまでその態度で暴露してしまっていた。そして直後に真っ青になった。

永野に迷惑をかけることになったらどうしよう、引き離されたらどうしよう――。ほんの一ヶ月半ほど前まで〝ゲイかもしれない自分をどう周囲に隠して生活していくか〟が大命題だったのが嘘のような心境の変化である。相手が男だと気づかれていることなどどうでもいい、永野の身元がバレることだけが恐ろしかった。

なにも言えずに泣きそうになった純理に、登を含め、クラス中がおたおたと慌てたのは言うまでもない。それ以来、純理はほとんど珍獣あつかいだ。慎重に、丁寧に、繊細に対応するようにと、御触《おれ》れでも出されたのかと思うほどに。

それでもたまに登だけがこうして軽い調子でからかってくる。

「おい、待てよ」

カバンを摑んでそそくさと教室を出た純理を、登が追ってくる。

「なんの用事か教えてくれたっていいだろ。約束を反故《ほご》にされたんだぞ」

「カメラマンに会う」

「はぁ？　どこの、なんてやつ？」

「ケアンズで会った人」

「マジかよ」

驚く登に、純理はしかたなく写真の使用を許可したことを話した。出来上がったCDを受け取りに渋谷で待ち合わせたことも言うと、「俺も行く」と決定事項のように告げる。

「一人で行かせられるかよ。ついてくぞ」

「大丈夫だよ」

「タチ悪ぃ奴だったらどーすんだよ。いいから、連れていけ」

井戸田がそんなに悪い人だとは思えない純理だが、はっきりと断言できるほど人柄を知らないのは事実だ。

「おまえの隣に座ってるだけだから。余計な口は挟《はさ》まない」

「ホントに？」

「たぶん」

なんだよそれ、と言い合いながら、純理たちは山手線に乗り、渋谷で降りた。

コーヒーショップには、井戸田がすでに来ていて、ぼんやりと煙草を吸っていた。オーストラリアで初めて会ったときとおなじようなよれよれの綿シャツの上に、年季が入っていそうなスタジャンを着ている。銀色のカメラバッグが小さなテーブルの半分近くを占領していた。

「井戸田さん、こんにちは」

「あ、ああ、緒川君、こんにちは。よかった、来てくれて」

井戸田は声をかけるまでまったく気づかなかったようで、慌てて立ち上がった。身長があまりかわらないので目線がほぼおなじだ。井戸田は二週間をおいて再会した純理に、まぶしそうな顔をした。

「やっぱ、いいね。すごくいいよ。ああ、どうしてもモデルはできないかな？」

ＣＤの件もなにもかもをすっ飛ばしてまたモデルの勧誘をはじめた井戸田に、純理は苦笑しながら「座っていいですか」と聞いた。そこでやっと井戸田は登に気がついて首を傾げる。

「お友達？」

「ケアンズで会ってますよ。おなじクラスの岩槻登です」

「どうも」

登は面倒臭そうな態度を隠しもせずに適当な会釈《えしゃく》をし、純理に「なにがいい？」と聞いてきた。飲み物を買ってきてくれるらしい。

「カフェラテ、スモールサイズで」

ひとつ頷き、登はカウンターへと歩いていく。

「井戸田さん、今日はCDを受け取りに来ただけです。モデルの話はしませんよ」

「残念だね…。すごく残念だよ…」

井戸田はため息をつきながら、空いている隣の椅子に置いてあった書類袋からCDを出した。そのジャケットを見て、純理はハッと目を見張った。

自分がそこにいた。夕暮れの砂浜に立ち、憂いを含む目をしてどこか遠くを眺めている、細身の少年。白い砂にまみれた純理の素足、微風に揺れる髪とTシャツの裾が、異国の空気を感じさせている。背景にひろがる微妙な色合いを描いている澄んだ空も美しい。

裏をひっくりかえしてさらに驚いた。顔のアップだったのだ。Tシャツの襟からのぞく鎖骨から上の、はっきり純理だとわかる写真が使われている。斜め下を向いたそれもまた切なそうな表情をしていた。伏せたまつげが濃い影を落とし、唇はまるでだれかを誘うように薄く開いている。

この写真を撮られたとき、純理は永野のことを考えていた。会いたくて、どこにいるのかと想いを馳《は》せていたのだ。こんな表情をしている自分というものを客観的につきつけられ、純理は激しく動揺した。

「うわ、すげぇな、そのCDジャケット」

コーヒーを買ってきてくれた登が純理の手元を覗き込みながら感心する。純理の横に座った登に、井戸田が頬を紅潮させて機嫌よくまくしたてた。

「でしょ、そうでしょ、かなりイイでしょ。会心《かいしん》の出来だと、自分でも思うんだ。全部で十枚くらいしか撮ってなかったのに、全部使えるくらい良かったんだ。こんなことめったにないんだよ。地味なCDに使うなんてもったいないくらいだったんだけど」

「あんた、マジでまともなカメラマンだったんだな。疑って悪かったよ」

「は？　カメラマンって言っただろ？　名刺も渡したじゃないか」

井戸田の反応に、登がちらりと純理に視線をよこす。その目は「こいつなんも知らねぇのか」と問うていた。純理はこくりと頷き、あらためてCDを見つめる。

「きれいに撮れてるじゃん」

「うん…」

それは純理も否定しない。でも、これは――。

写真の使用を許可してこうして製品として出来上がってしまった以上、もう純理にはどうすることもできないが、まさかこんなアップだとは思ってもいなかった。永野や父親に見つからないよう、祈るだけだ。

「それで、今回のモデル代なんだけど…あの、申し訳ないけどこれだけしか」

井戸田は恐縮しながらスタジャンのポケットから茶封筒をそっと出した。なにも入っていないようにも見える薄い封筒には、五千円札が一枚きり、しかも皺だらけのものがひっそりと入っていた。

「ごめん、ホントにごめん。ぼく、独立したてで金ないんだ。今回は風景写真でいいってところをこんなふうにしちゃったもんだから、当然モデル代なんかクライアントは出してくれなくって…。でもよく撮れてるから使っていいってOK出したんだ。だったらモデル代出せって掛け合ったんだけどさぁ」

「いいですよ、これ」

テーブルの上に封筒を戻すと、井戸田は冷や汗をかいた顔を「へ？」と上げた。

「いりません、モデル代なんて」

「え、でも、実際にこうして使われちゃったわけだけど…」

「本当にいりません。そのかわり、これっきりにしてください」

純理はCDから目を逸らしながら言い切った。

怖い、と思う。井戸田はまぎれもなくプロのカメラマンだ。その瞬間のすべてを——いや被写体が内包《ないほう》するものまで的確にフィルムに収めてしまう。井戸田は純理の心を暴《あば》こうとしたわけではないだろう。意識的にしろ無意識にしろ、井戸田はその天性のカンと腕で撮ってしまう。

未知の世界への好奇心がまったくないと言えば嘘になるけれど。

純理は、顔かたちだけでなく自分のすべてを世間一般にひろく晒す勇気などなかった。

それに、いまは守りたいものがある。永野との関係だ。なににも代えがたい。

そんな純理の決意を感じ取ってくれたのか、井戸田は「そう…」とまたため息をついて戻された茶封筒をくしゃっと握り締める。

「……しかたないね…。すごく、残念だけど…」

がっくりと肩を落とし、井戸田は悄然《しょうぜん》とうなだれる。これは演技ではないらしいから、井戸田という男は天然だ。

「それじゃあ、これで失礼します」

「うん、ありがと。これ持っていっていいから」

CDを押し付けられ、純理はできるだけ見ないようにカバンに押し込んだ。

「あ、そうだ。大切なことを言い忘れるところだった。このCD、発売は今月末なんだけど、先週から始まってるテレビドラマに使われてるらしいから」

「………えっ？」

ぎょっとした純理に、井戸田はなんでもないことのようにさらりと言う。

「月9って言うの？　あの時間帯のドラマの中で」

テレビはバラエティ番組とニュースをすこし見る程度の純理は、月9なんてまったく見ない。思わず登を振り向くと、「見てない」と首を横に振る。

「このCDがバーンとドラマに登場するわけじゃないけどね。サスペンスタッチのストーリーで、オルゴール曲が重要なアイテムになってるって聞いたけど、ぼくも見ていないから詳しくはわからないな。ドラマが先行してCDが出ることになったわけじゃないんだ。むしろ逆。ドラマのディレクターが思いつきで使ったら、脚本家が気に入ってってことらしい。ちょうど今日が月曜だから、見てみたら？」

あくまでも悪意のない井戸田と別れて、純理と登は帰路についた。

ずっと黙っていた登が口を開いたのは、京王線に乗ってからだ。

「びっくりした…」

つり革につかまり、登がぽつりとこぼす。

「僕もびっくりだよ。まさかテレビドラマに使われてるなんて」

「ちがう、それじゃねぇ。CDジャケそのもののこと」

後ろへと飛んでいく窓の景色にぼんやりと視線をあて、登はひとつ息をつく。

「やっぱおまえってああいうコトが向いてんじゃねぇの？　あのカメラマンの腕がいいってのもあるだろうけど、ノーメイクで照明もナシで、あんだけきれいに写るんだぜ。すげぇ雰囲気あったし。そりゃ前からきれいなツラしてるってことはわかってたけどさ、信じらんねぇって…」

どうコメントしていいかわからずに、純理は俯いた。

「モデル、断っちまってよかったのか？」

「………いいんだ」

知らない世界を垣間見《かいまみ》たいという冒険心は、やはりわずかだがある。だが、いまはただ水野とのことを一番大切に考えたい。無謀《むぼう》なことは、したくなかった。

井戸田と会った夜、純理は初めて月9のドラマを見てみた。

なるほど井戸田が言っていたとおりサスペンスタッチのストーリーで、展開はスピーディーだ。主人公の青年が危険な目にあったり、謎解きのヒントが出てきたりしてなかなか面白い。そして主人公がほっと一息つき、好きな女の子のことを思い浮かべたときに、メロウなオルゴール曲がバックに流れた。十年ほど前に大ヒットしたラブバラードの曲調は物悲しく響き、孤独な主人公の心情をよくあらわしている。

つい最後まで見てしまった純理は、次週の予告でもオルゴール曲が使われていることを知った。画面では主人公が絶体絶命だというのに、淡々とオルゴールが流れる。それがかえって視聴者に緊迫感を与えていた。

こんなに印象的な使われ方をしているとは思わなかった。出演者は注目株の若手俳優とベテランがうまくミックスされているし、ドラマの脚本自体も良くできている。視聴率はいいのではないだろうか。

自分の顔が出ているＣＤが月末には店頭に出てしまうのだ。下手に目立たなければいいのだが……。ＣＤの制作会社がドラマを売りにしようとしてジャケットだけ俳優のものに差し替えてくれないだろうか、と純理は消極的なことを考えた。

純理の願いも虚しく、ドラマは回を重ねるごとに視聴率を上げていき、釣られるように主題歌もヒットしてＣＤの売り上げを伸ばした。そしてとうとう翌日にはオルゴール曲集のＣＤが発売されるという月曜日、ドラマをなんとなく見ていた純理は最後のお知らせを聞いて絶句した。

『番組内で使用されているオルゴール曲を収録したＣＤ〝ＬＯＶＥ，Ｂａｌｌａｄｅ〟を、視聴者の皆様に抽選で二十名様にプレゼントいたします。ご希望の方は官製はがきに住所氏名、年齢、番組の感想をお書きのうえ……』

テレビ画面に純理の姿がジャケットになったＣＤがずらりと並んでいる。ご丁寧に顔のアップである裏側を向けてあるものもあった。わずか十数秒の告知だったが、純理の衝撃は大きかった。

純理を知るものなら、百パーセント、いまの写真が純理だとわかっただろう。

「………どうしよう……」

顔が出てしまった。しかも、全国区。

インパクトは週刊誌の比じゃない。一分に満たない時間とはいえ、視聴者は数十万単位だ。だがこれはだれのせいでもなかった。井戸田でもなければ、CDの制作会社でもないし、番組のディレクターのせいでもない。まさかこんな大事になるとは思ってもいなかったとはいえ、写真の使用許可を出したからには、どう使われてもかまわないと覚悟を決めていなかった自分が悪いのだ。そのくらいのこと、純理にだってわかる。

クラスでもこのドラマは話題になっていた。明日、登校したらなんと言われるだろう。最近やっと、修学旅行でやらかしたアレでの衝撃が薄れてきたというのに……。

真剣に頭痛がしてきて、純理は抱えていたクッションに顔を埋めた。なんだか不安だ。本当はこんなとき、恋人の腕に抱きしめてもらって「大丈夫だよ」と囁いてもらいたい。

その夜、純理は修学旅行以降、ベッドの枕元にいつも置いていた白うさぎのアイピロウを胸に抱いて眠った。永野に分けてもらった香水を染みこませれば、永野に守られているような安心感に包まれる。

「永野さん、おやすみ…」

純理は白うさぎにそっとキスをして目を閉じた。永野もいまこの瞬間、純理のことを思い出してくれていればいいと願いながら。

「おはよう」

「よう、おはよー」

登校した純理を待っていたのは、いつもの登と、静かにテンションを上げているクラスメイトたちだった。わらわらと寄ってきた同級生たちが質問攻めにしてくる。

「なあ、いつのまに芸能界デビューしたんだ？」

「すんげぇびっくりしたぜぇ。でもなんでインスト集のＣＤジャケットなんてやったの？」

と興奮しているものもいれば、

「あの写真ってもしかしてケアンズで撮られたやつじゃないか？　まさか勝手に使われたんじゃないよな」

「弁護士紹介しようか」

修学旅行でおなじグループだったメンツはあのカメラマンのことを覚えていて、本気で心配してくれていた。

「大丈夫、使用許可を出したのは僕だから」

「モデルになるのか？」

「ならないよ」

あっさり答えて席に着くと、「ほらな」と登が肩をすくめた。

「あれはたまただって言っただろ。純理はデビューしたわけじゃねぇって」

　純理が登校してくる前に登がだいたいの事情を話してあったらしいが、この様子だとだれも信用していなかったようだ。HR《ホームルーム》開始の鐘が鳴り、クラスメイトたちはばらばらに散って席に着く。登は純理の隣の席に座りながら、ため息をついた。

「どうするんだよ、純理。テレビに顔が出ちゃったぜ」

ちいさな声で聞いてくる。深刻な口調は、この展開を憂いているせいだろう。

「どうするもこうするも、祈るだけだよ。僕をそっとしておいてくれって」

「まあ、ほんの十数秒だったからな…。カレシはなんて言ってるんだ？」

「………なにも言ってない」

「言ってないのか？　って、まさか、写真が使われたことを報告してないのか？　もしかして親父さんのことも？」

　こくりと頷く純理に、登はしばし唖然とし、「あ〜あ…」と呆れた声を出した。

「それってちょっとマズイんじゃねぇの。付き合ってんだろ」

「だって…」

　永野はあの大晦日の夜、ただの高校生の純理を好きになってくれたのだ。いまだって、そう信じて疑いもしていないだろう。秘密にしなければならない恋人関係なのに、純理の素性を知って距離を置かれたりしないだろうか――。あの永野がみずからの保身ばかりを優先するとは思えないが、彼に会えなくなったり嫌われたりするのだけは避けたい。

「言いにくいのはわかるけどさぁ、後になればなるほどこじれるぜ。早めに打ち明けておいた方がゼッタイにいいと思う」

登の正論に、純理はなにも言い返すことはできなかった。

これは逃げだ。嫌なことを先に先に延ばしているだけにすぎない。いつかは直面する問題なのに、心変わりが怖いなんて永野を悪者にして逃げようとしているだけ。

恋は人を臆病にすると、だれかの本で読んだような覚えがある。純理は重い気持ちを持て余しつつ、その通りだと実感したのだった。

たった十数秒のCDプレゼント告知だったにもかかわらず、純理の顔はあっという間に話題になってしまった。

まずテレビ局とCD制作会社にモデルの問い合わせが数十件入ったらしい。その中の何人かが、モデル探しをはじめた。どこにもモデルの名前がないうえ、カメラマンの井戸田が口を噤《つぐ》んでいるため、余計なマニア魂に火をつける結果となったようだった。

そのあたりの経緯を、純理は井戸田からの電話で知った。井戸田はしつこい問い合わせに困っているらしいが、だからといって純理に表立って出てきてほしいとは一言も口にしなかった。

CD自体もヒット中のドラマの主題歌とともに売れ始め、インスト集としては異例の出荷数になった。本来は地味なCDのはずなのに、ショップの店頭に平置きされる始末。

翌週には良い番組宣伝になると思ったか、ドラマを放映中のテレビ局が「謎のモデルはだれ？」とワイドショーで話題にしてしまった。ドラマ自体がミステリー仕立てだったせいで、モデル探しは面白い演出として世間に捉えられたようだった。

結果、モデルは純理ではないかと近隣の女子中高生が学園の門前や駅に集まってくるようになってしまった。学園内ではさすがに騒ぎ立てる生徒はいなかったが、居心地がいいとは言えない。外で人ごみを歩くのも避けるようにした。自意識過剰と言われても、なんだか不特定多数の人に見られているような気がして落ち着かない。

父親からは、まだなにも言ってこなかった。いまは次の映画のためのキャスティングの真っ最中で、日本国中を駆け回って何千人という俳優、あるいは俳優志望の若者のオーディションをしているらしい。さっと映画のことで頭がいっぱいで、一人息子の周辺がにわかに騒がしくなったことなど気づいていないのだろう。

父親が今回のことを知ったらどう思うのかもちろん気になるが、それ以上に永野のことも気になる。メールや電話ではなにもそれらしいことを言わないが、もう知っただろうか。知ったとしたら、どう思っただろうか——。

そんな中の日曜日、永野とのデートの日がやってきた。純理は前夜にメールで伝えた通り外で待ち合わせるのではなく直接永野のマンションへタクシーで乗りつけた。他人の視線が気になって、たぶん食事どころではなくなると思ったからだ。

「やあ、来たね」

「永野さんっ」

ごちゃごちゃと考え込んでいた諸々《もろもろ》のことが、永野の笑顔を一目見たとたんに飛んで消えた。玄関先で永野に抱きつき、二週間ぶりのキスをする。たくましい腕にぎゅっと抱きしめられて、純理は涙が滲みそうなほどうれしい。

「あの、ごめんなさい、急に予定を変更したいなんて言って」

「急じゃないよ。ちゃんと昨夜のうちにメールくれたじゃないか」

「でも永野さんは外食の方がよかった？」

「いや、そんなことはないよ。毎日ほとんど外食だから、たまには家でゆっくり食べたいと思うしね」

外食を一方的に中止したかわりに、純理はテイクアウトの中華を持参してきたのだ。抱きつく前に床に置いた袋からは、食欲をそそるいい匂いが漂っている。

「家の近所にあるお店のなんだけど、とっても美味しいんだ。気に入ってくれるといいんだけど」

「中華は大好きだよ。でもこれを持って電車に乗ったのか？」

「タクシーで来たから」

「三鷹から六本木まで？」

　永野が驚いた声を上げたので純理はひやりとしたが——たしかにタクシー料金はかなりかかった——しばらく無言になったあと、なんでもなかったように微笑んで「食べようか」とリビングダイニングへと促してくれたのでほっとした。

　とんでもない常識知らずのお坊ちゃんだと思われてしまっただろうか。話を蒸し返すことはできなくて訊ねることはできないが、なんとなく気になった。

　リビングの薄型テレビでは日曜の昼間らしく、のんびりとゴルフ中継がついていた。

「永野さんって、ゴルフするの？」

「時々ね」

　きっと上手なのだろう。純理は経験がないので一緒にコースを回ることは無理だが、一度練習場へ連れて行ってもらおうかと思いつく。ゴルフクラブを華麗に振っている姿を見てみたい。きっととても格好いいだろう。

　買ってきたものをダイニングテーブルに広げ、キッチンで湯を沸かす。わざわざ専門店で中国茶葉を買ってきたのだ。

「ねぇ、永野さん、急須ってある？」

　食器棚の中をぐるりと見渡しながら聞いたが、返事がない。振り返ると、永野はテーブルに取り分け皿を置いた姿勢のまま、テレビ画面を見つめていた。

CMが流れている。自動車メーカーのCMらしく、きれいな女の人が微笑みながら、颯爽とセダンタイプの車の運転席に乗り込んでいた。

いかにもデキる女性らしいパリッとした白いシャツとベージュのパンツが、きりっとした表情のモデルに似合っている。中年男性向けと言われるセダンタイプの乗用車を、こういうタイプの女性も乗り回してみませんか、というコンセプトなのだろうか。

画面の中の女性モデルは、だれもが一瞬目を奪われる美しさだ。CG合成と思われる桜の花吹雪の中を車は走り抜け、最後はモデルの小悪魔的な流し目できめてCMは終わった。

たった十五秒ほどのCM。けれど印象に残る女の人だった。

女優やタレントに詳しいわけではないが、たぶんいまの女の人はモデル業を専門としている人ではないだろうか。書店にならぶ女性用のファッション誌の表紙で見たことがあるような気がする。

永野はひとつ息をつくとゆっくり向き直り、怪訝《けげん》な目をしている純理に気づいてバツが悪そうな顔をした。その反応で、純理はピンとくるものがあった。

「……きれいな人だったね。ああいう人がタイプなの?」

できるだけ軽い口調で聞いてみる。永野はひょいと肩をすくめ、一言だけ返した。

「昔、ちょっとね」

純理は頭を殴られたような衝撃を感じた。まさかそんな言葉が吐き出されるとは思ってもいなかったのだ。

昔、ちょっと——……ちょっとなんだったというのだろう。まさか、つきあっていたのだろうか。さっきのきれいなモデルと。

永野の言い方ではただの知り合いという感じではない。

そうだとしたら、いったいいつごろの話だろう。モデルをやっているような人とどこでどう知り合ったのだろうか。どのくらいの間つきあっていたのだろうか。この部屋にも来たことがあるのだろうか。どうして別れてしまったのだろうか。

聞きたい。とても。

けれど永野はそれ以上なにも言うつもりはないらしく、黙って食事の用意を調えている。

彼にとって、もうこだわる必要のない過去なのだろう。だが純理はたったいま、恋人の過去を知らされたのだ。永野はもう三十六歳で、いままでなにもなかったわけがないのに、純理は具体的に想像したことなどなかった。恋人ができたのも、キスもセックスも永野が初めての純理は、こういうときどうすればいいのかわからない。

「さあ、食べようか。美味しそうだ」

にっこり微笑んだ永野に、純理はぎこちなく笑顔を返すことしかできなかった。

「大丈夫？」

思わずよろけてしまった純理の腕を、永野がしっかりと摑んでくれた。二の腕に触れている永野のこの指が、ついさっきまでなにをしていたか克明《こくめい》に思い出してしまい、純理は静かに赤面した。夜道の暗がりがごまかしてくれることを願いつつ、顔を伏せる。

「俺にもたれかかっていいから、ほら」

「でも人に見られる…」

「夜だから大丈夫。だれも気にしないさ」

永野の言葉に甘えて、純理は肩を支えられながら歩いた。マンションから六本木通りへ向かう。

買ってきた中華で遅めの昼食を済ませたあと、永野に抱かれた。片付けをすませてリビングのソファに並んで座り、純理はすぐにくちづけを求めた。軽いキスはあっという間に深いキスになり、そのままなし崩しにそこで始まったのだ。まるで抱かれに来たようで恥ずかしかったが、羞恥よりも焦燥が勝っていた。

明日は月曜なので今夜は泊まることができない。時間がないこともあったし、CMのモデルの艶やかな笑顔が頭から離れなかった。凛とした美しさの、華やかな女の人だった。きっと自分に自信があるのだろう。

あのCMは一日に何度も流れる。街を歩けばポスターも貼られている。目にするたびに、永野は過去を思い出し、懐かしむかもしれない。

　永野の愛を疑っているわけじゃない。ただ、わずかな時間でも純理から気持ちが離れているかもと考えるだけで、純理はいてもたってもいられなくなっただけだ。

「永野さん、永野さん」

　何度も名前を呼び、純理は永野を求めた。「好き」と数え切れないほど囁き、「好きだよ」とその度に言ってもらった。純理の様子がいつもとちがうことに、きっと永野は気づいていただろうが、なにも聞かずにただ情熱的に抱いてくれた。

　ごくゆっくり歩いたので、六本木通りに出るまで時間がかかった。通りを流れるタクシーを拾ってしまえば、次に会えるのは春分の日以降からはじまる春休みだ。

　新学期が始まるまでの約二週間の休みを、純理は楽しみにしている。いままでは二、三週間に一度しか会えなかったが、休み中ならばもっと頻繁《ひんぱん》に会えるに違いない。時間を気にせず永野の部屋でゆっくりしたいと思う反面、どこかへ出かけたいとも思う。だがあと十日ばかりで、CDジャケットのモデルの件が片付くとは思えなかった。

　結局、今日は話せなかった。なにかきっかけがあれば話そうと思っていたのだが……。

「あら、おひさしぶり」

　不意に声がかけられ、純理と永野はほぼ同時に振り返った。半分照明が落ちた六本木ヒルズをバックに、白いコートの女の人が立っている。すらりとスタイルのいいその人は、純理ではなく永野を見ていた。

「由香《ゆか》…」

「元気そうね、浩一郎」

屈託なく微笑んだその人の顔に見覚えがある。

「モデルの仕事、順調そうだな。今日CMを見たよ」

あっと純理は声を上げそうになった。いまは軽いメイクしかしていないのだろう。テレビとは印象がちがって、すぐにはわからなかった。だが十分きれいだ。夜の暗闇の中、白い肌はほのかに輝いているようだった。はっきりした目も生き生きしている。

「あなたは相変わらず空を飛んでいるの？」

「休日以外はね」

さばさばした会話は、二人ともに過去にまったくこだわっていないことの証明だろうか。

ふと彼女の視線が純理に動いた。

「かわいい子を連れているのね。親戚の子？」

悪気はないのだろう。しごく当然の反応だ。純理はきゅっと唇を噛み、会釈した。

「純理、彼女は鷲尾《わしお》由香。モデルをしている。由香、この子は緒川純理。高校生だ。いま俺が一番大切にしている存在」

はっきり恋人とは言わなかったが意味は通じたのだろう。由香という女性は目を丸くした。

「まぁ、まぁそうなの…」

「そういうことだ」

「……あなたって、ホント、面食いよね。君、どこのモデル事務所なの？」

由香は苦笑して、ショルダーバッグの中から名刺入れを取り出し、一枚純理に渡した。有名な芸能事務所に籍を置いているらしい。純理でも知っている事務所の名前が入っていた。

「あの、僕、どこにも所属していません。モデルとかタレントとか、べつに興味はないので」

「あら、そう？　でもどこかで見たことのある顔なんだけど……」

ぎくっと純理は固まった。由香が言っているのはＣＤジャケットのことではないだろうか。

由香はまるで鑑定士のような目でじろじろと純理を眺める。

「純理はそういう仕事をしていないよ」

「浩一郎がそう言うならそうなんだろうけど……。うーん、でももったいないわ。こんなにきれいなのに、活《い》かさないなんて」

「もったいないなんて、ないです。そんな、顔なんて…」

「高校生なんでしょう。まずは気楽にアルバイトで雑誌モデルでもしてみない？　キレイ系の男の子ってけっこう需要あるのよ。その名刺の事務所に電話してもらえれば、ウチの所長が悪いようにはしないわ」

「だから、モデルなんてしません！」

つい苛立った口調で拒絶してしまった。

「顔のことは言わないでください。きれいとか言われても、うれしくありません。僕は顔で仕事するつもりはないんです。モデルなんて、アルバイトでも絶対に嫌です」

「あら」

由香の表情からスッと笑みが消えた。あきらかに気分を害した顔になる。

「親切で言ったんだけど余計なお世話だったみたいね。ごめんなさい。モデルなんて、って見下した言い方をするなら、ちがう分野によほど自信があるのね。君は頭脳派なのかしら。それとも感性で勝負する芸術家？」

きれいな顔にうっすらと嘲《あざけ》りめいた笑みを浮かべられながら言われ、純理はムッとする。

「べつにモデル業を見下してなんかいません」

「そう？　顔だけで仕事してる、みたいなことをいま言ったじゃない。本当に顔だけだと思っているなら笑っちゃうわ。なにも知らないのね」

由香は純理が身につけているものを指差した。

「そのジャケット、ブランド物でしょう。バッグも靴もそう。着慣れているし、持ち慣れているわ。私、職業柄、そのくらいのことはわかるの。優しいパパとママからお小遣いたっぷりもらっているのかしら。ろくにアルバイトもしたことないんじゃない？　体一つで働くってことがどういうことかわかっていないから、そんな口の利き方ができるのよ」

「おい、由香」

「なによ、睨まなくてもいいじゃない。私、間違ったこと言ってないわよ」

ふん、と由香は永野から顔を背け、挑むように純理を凝視してくる。まっすぐ好戦的に対峙《たいじ》されると、やはり人生経験が浅い純理は怯んでしまう。怒らせようとしていたわけではないから、なおさらだ。

「ねぇ、浩一郎、優しいでしょう。この人、恋人にはとても優しいの。知ってるわ。そばにいると安らぐことくらい。甘やかされて優しさに溺れて、一方的にかわいがられる顔だけの恋人にならないようにね」

「えっ……」

「少なくとも私は対等な恋人だったわ」

君はどうなの、と由香は自信に満ちた目に揶揄《やゆ》を滲ませ見つめてくる。

なにも言い返せず、困惑してつい救いを求めるように純理が永野を見たとき、すこし離れた路上で中年の女性が由香を呼んだ。

「いま行くわ」

そちらへ返事をし、由香はため息をひとつつく。

「じゃあ、私行くわ。さよなら、浩一郎。生意気な坊やも」

最後に純理を一睨みするのを忘れずに、由香はヒールをカツカツ鳴らしながら早足で去っていった。

「その……気を悪くしたら、ごめん」

永野はとまどい顔で髪をかきあげる。

「由香があんなことを言うなんて」

「…永野さんが謝ることはないよ…。僕が悪いんだ。あの人の気に障《さわ》るようなことを言っちゃったから…」

確かに、純理の中でモデルなんか顔だけ、と見下した気持ちがあることは否定できない。由香はそこを敏感に察して突いてきたのだ。

「……元カノ、だよね。永野さん」

ここで聞かなければ逆に不自然かなと、純理は言ってみた。

「五年も前の話だよ」

「五年前——永野さん、三十歳くらいのころ？」

「彼女は二十五だった」

ではいま由香は三十歳ということになる。とてもそんな年には見えなかった。二十歳そこそこかと思ったのだ。モデルという人種はすごいと、純理ははじめて感心した。

体一つで働く——確かに大変なことなのかもしれない……。

「……結婚を考えた？」

「まあね。でも彼女は仕事をしたがっていた。俺はちょうど機種変更の訓練が重なって、気持ちのすれ違いを修正する余裕がなかった。結婚に執着してもいなかったし。それで結局、具体的になるまえに終わった。ただそれだけだ」

ふーん…と頷くことしか、純理にはできない。

「出会ったときに、あの人はもうモデルだったの？」

「由香は高校生のときからアルバイトでティーン誌を中心に仕事をしていたらしい」

では、永野はモデルのときから知っていて付き合ったのだ。それはつまり、モデルという職業に偏見がないということだろうか。だったら、純理がいま抱えている諸々の事情を話しても、平然と受け止めてくれるだろうか。

「……すごく、きれいな人だったね」

「純理の方がきれいだと思うけど」

さらりと気障《きざ》なセリフを吐かれ、純理はカァッと耳まで赤くなった。だがすぐに、由香に言われた「顔だけの恋人」という言葉を思い出す。由香は自分のことを対等な恋人だったと言い切っていた。由香に言われたことを鵜呑《うの》みにするわけではないが、かといってすべて否定できるだけの自信など、純理にはない。

「純理？」

黙りこんだ純理を不審に思ってか、永野が顔を覗き込んできた。純理は慌ててごまかしの笑顔を作る。

「こんなところで、ヘンなこと言わないで」

「どこがヘンなこと？　正直な感想だ。純理はすみからすみまできれいだぞ」

「すみから…って、またそういうこと言う…」

爛《ただ》れた時間が急激に蘇ってきて、純理はゆでだこのように額まで真っ赤になった。永野はそんな純理の様子をくすくす笑いながら見ている。

「もう遅いから、つづきは来週だ。春休みを俺も楽しみにしているから、またメールを送ってくれ」

「うん。おやすみなさい…」

「おやすみ」

純理はタクシーに乗り、閉じたドアのガラス越しに手を振った。永野は笑顔で手を振り返してくれる。

「三鷹方面へお願いします」

運転手の短い返事のあとすぐに走り出したタクシーの中で、純理は流れていくネオンを目で追いながらも、由香の言葉を思い返さずにはいられなかった。

『ちがう分野によほど自信があるのね。君は頭脳派なのかしら。それとも感性で勝負する芸術家？』

『ろくにアルバイトもしたことないんじゃない？　体一つで働くってことがどういうことかわかっていないから、そんな口の利き方ができるのよ』

『優しさに溺れて、一方的にかわいがられる顔だけの恋人にならないように気をつけなさいね』

『少なくとも私は対等な恋人だったわ』

中身に自信なんてない。他人に自慢できる特技なんてこれといってないし、将来の夢なんて具体的に描いたこともないから、目標を決めて勉強に励んでいるわけでもない。

アルバイトだって一度もしたことがない。欲しいものは口にすれば父親が買い与えてくれたから、働く必要はなかった。

それにいまの段階で、永野と対等な恋人同士だとはとても思えない。年齢の差はどうしようもないが、学生と社会人であることは動かしようのない事実で、精神的にも純理は永野に頼りきっているからだ。

純理は、やはり自分がなにも持たない子供であることを認めざるを得なかった。

「これ、やるよ」

登が横から手を差し出してきたので、純理は反射的に受け取った。てのひらにコロリと乗ったのはのど飴。

「……なにコレ」

「いや、物欲しそうな顔してたから、欲しいのかなと思って」

登は澄ました顔で口の中の飴をころころと転がしている。純理は反論する気も起こらず、ありがたく飴をいただいた。

授業が終わっていまから帰るところだった。純理も登も部活動には入っていない。二人、肩を並べてぶらぶらと校門を出た。

「昨日、ちょっとカラオケやりすぎた。喉痛くってさぁ。純理も来ればよかったのに」

「だってメンツはいつもと変わらないじゃないか」

「まーね。女の子が摑まればよかったんだけど、伊東のヤツ、段取り失敗しやがって」

女の子が来るとわかっていたら純理はもっと迷うことなく断っていたことだろう。

永野の元カノと出会ってしまった日曜日から三日たっていた。ほんの数分の由香とのやりとりがずっと心に重くのしかかっている。忘れたくとも、あの自信たっぷりだった態度は忘れられない。あの女性と、永野はつきあっていたのだ。何年も前のことだと頭で理解していても、なかなか割り切れるものではない。

「麗しの純理クンは月曜からずっとアンニュイ〜。あのパイロットの彼となんかあった？」

「……なにもないよ」

「うそうそ、ヤバげなフェロモン、大量に垂れ流しちゃってさぁ。なんだか日に日にすごくなってんですけどー。そろそろ流出ストップしないと、なにか事件が起こりそう」

「なに言ってんの?」

　永野とはなにもない。ただ――。

　登がブレザーのポケットから携帯を取り出して届いたメールをチェックする。

「お、メールだ」

「伊東だ。恵比寿ガーデンプレイスでなんかの撮影やってるってさ。美女が山ほどいるらしい。おぉ、確かに美女だ。でも山ほどじゃねぇじゃん」

　メールと一緒に写真も送られてきているのだろう、登はニヤニヤと笑いながら携帯を見ている。

「見物に来いってさ。どうする? 行ってみる?」

「……行く」

　てっきり行かないと言うと思ったのだろう、登は「おっ」と意外に思ったことを隠さずに目を丸くしてみせる。

「どーした? やっぱ芸能人に興味ある? それとも、彼氏とケンカして自棄になってるから、この美貌でモデル引っ掛けて、女と浮気してやるーって?」

「ケンカなんかしてないってばッ」

浮気なんてとんでもない。相手が女なら、なおさらありえない。

キッと睨んだつもりだが、登は笑うばかりだ。純理は勇ましい足取りでさっさと先に歩き出した。

撮影はファッション雑誌のものらしかった。

雑誌の読者層に合わせているのか、二十代後半くらいと思われる落ち着いた雰囲気のきれいなモデルが数人、入れ代わり立ち代わりカメラマンの指示に従って写真を撮られている。ベンチに座ったり建物を背にして立ったり、遠目でしか見ることはできなかったが、だれもがてきぱきと動いていた。

こんな現場を見てみたいとすこしでも思ってしまったのは、やはり由香の影響だろう。由香がどういうところで日頃仕事をしているのか、興味がわいたのだ。

「うわ、寒そー。よくやるよなぁ」

登が感心した口調で言った。いまはまだ三月の半ばだというのに、彼女たちは夏服を着ている。ノースリーブや半袖が見るからに寒そうだが、平気な顔をして撮られているのには感心した。寒くないわけがないのに、プロ意識が表情を抑えているのだろう。

モデルの中に、ちらりと知った顔をみつけ、純理は声を上げそうになった。

由香がいた。ノースリーブのブラウスに、膝丈のパンツ、素足にミュールという格好で、いかにも初夏の日を浴びているような表情を作り、爽やかに微笑んでいる。

「夏になったら冬服着て撮影するわけだろ。汗かけないし、大変だよなー」

「……………うん」

「でもこっからでもわかるな。肌真っ白ですべすべそう。細いしさ、やっぱモデルってキレー。ぜってー、エステとかで金かかってそう」

「……………」

モデルなんか、と純理が口走ったときの由香の目を思い出す。カメラの前で笑っていればいいだけじゃない。純理には想像もできないような苦労があるのかもしれない。

ふと、由香の視線がこちらに向いた。

遠巻きに見物していたギャラリーの中に、純理をみつけたのかどうかはわからない。純理は目が合ったと思った。由香は数秒間、視線をそのまま真っ直ぐにあて、不意打ちのように艶やかに微笑んでみせた。純理のまわりで、見物人たちが歓声を上げる。

「あ、なぁ、いまこっち見て笑った人ってさ、車のCMに出てないか？」

「……たぶんね」

登が上機嫌で声を弾ませる横で、純理は説明できない居心地の悪さを味わっていた。なぜだかわからない、苛立《いらだ》ちと、焦り。

由香はまるで優越感に浸っているような笑みを見せた。

そこでなにをしているの、野次馬《やじうま》の中に埋没して、生意気な口をきいておきながら君はそこでなにをしているの。

由香は、まるでそう言っているように、純理には思えたのだった。

その夜、純理は永野に電話をかけた。

「ごめんなさい、仕事で疲れているところ」

『いや、いいよ。声が聞けて嬉しい』

「あの……」

『どうした？　なにかあった？』

純理はベッドの上に座り込み、携帯をぎゅっと握り締める。元カノのことなどまた持ち出されて、永野は気を悪くしないだろうかと純理は逡巡《しゅんじゅん》した。だが胸のもやもやを晴らすには、やはり永野と話さなければならない。

「今日、恵比寿で、その…撮影していたんだ。たぶん雑誌かなにかの」

『ああ。………もしかして由香がいた？』

「うん…」

『すごい偶然だな』

永野の口調にはまったく他意はない。

「この寒いのに、夏服着てた」

『ああいう業界は常に季節を先取りしているからね、しかたがない。体調管理も彼女たちの仕事のうちだ』

やはり過去につきあっていただけあり、永野は由香の仕事内容をよく理解しているようだ。しっかりと自立した女性。確実に仕事をこなし、評価され、自信にあふれた美を持つ人。純理とはあまりにも違いすぎる。

「……ねぇ、永野さんは、その……僕のどこがいいの？」

聞かずにはいられなかった。くだらないことをと一蹴《いっしゅう》されるかと怯えたが、永野は電話の向こうでくすくすと小さく笑っただけだった。

『そういうかわいいところだよ』

かわいいと、永野は純理の顔を見ればいつも言っている。

『あと、純粋なところ。俺だけを見ているところ』

そうだ。純理は永野しか見ていない。

『もちろん、姿かたちもね。由香のやつ、俺のことを面食いだって言ってただろう。たぶんその通りなんだろうな。あまり自覚はないけど、どうやらきれいなものが好きらしい。いまは君に夢中だ。君は心まで純真できれいだからね。かわいい嫉妬《しっと》なんかしていないで、もっと自信を持って自惚れてもいいんだぞ』

夢中、嫉妬、自惚れ……全部、平穏な生活を送っていた純理には無縁だった言葉だ。いっぺんに言われて、それぞれにどう反応していいのかわからなくて混乱してしまう。

「僕の、僕の顔が好きなのっ？」

動揺するあまり、とんでもないことを口走ってしまった。由香に言われた「顔だけの恋人」というフレーズがずっと胸にひっかかっていたからだ。

「面食いってそういうことでしょう。僕の顔が好きなんだ。顔、顔だけ…」

『こらこら、なにを言ってる。顔だけなんて、そんなこと言っていないだろう？　なにを聞いていたんだ。純真なところも好きだって言っただろう。勝手に暴走しない』

「僕、確かに人よりちょっと顔がいいかもしれない。でも顔なんて、親から受け継いだもので、自分で努力して得たものじゃないよ。僕自身は、なにも作り上げていない。人に自慢できることなんて、なにもないんだ。顔なんて……だいたい好きでこの顔に生まれたわけじゃない。この顔のせいでまわりが勝手に騒いで鬱陶《うっとう》しいだけだっ」

『純理は、自分の顔が嫌いなのか？』

嫌い…なわけじゃない。ただ……。

『そんなに嫌わないでほしいな。俺の恋人の顔を』

どこまでも優しい永野の声に、純理は泣きたくなってきた。

自分が情けない。おたがいに一目で気に入って即行でベッドインしたくせに、容姿のことをいまさらあれこれ愚痴るなんて馬鹿げている。永野は純理の容姿も含めたすべてを好きになってくれたのだ。純理だって、最初から永野を好みのタイプの容姿だと好感を持った。

二人が深い関係になるきっかけの外見を否定するなんて、してはいけないことだとわかってはいても、純理はもやもやする胸のうちを吐露《とろ》せずにはいられなかったのだ。

『純理、よく聞いてくれ。顔の造作《ぞうさく》のほとんどは、みんな遺伝によるところが大きいのは確かだ。でもそれはいけないことなのか？　受け継いだものを否定しても、あまり意味はないと思うよ』

「え……」

『そもそも性格だって親から受け継いだものだろう？　財産だってそうだ。それを生かすも殺すも本人しだいっていうのも、みんな共通している』

性格も、財産も？

『由香の年齢を聞いて驚いただろう？　容姿を売り物にしている人たちは、受け継いだものに甘んじていない。それを磨き、さらに魅力的になろうとしている。そして維持していこうとする。そのための努力を惜しまない。真摯に、懸命に仕事をしている姿は、どの職業でも変わらないよ』

磨き、維持する努力……。だからこその美しさ——。寒さを我慢して夏服を着るだけがモデルの苦労ではないのだ。そうだ、登が感心していた。肌が真っ白でキレイだと。だれが見てもそう思う状態に保っておくのは、大変な努力が必要にちがいない。

目からウロコが落ちるとは、まさにこのことだろう。

「あの人も、努力…しているのかな…?」

『由香のこと? しているに決まってる。バランスのとれた食事、適度な運動、エステ、健康にはたぶんものすごく気を遣っているだろうね。職場での人間関係も大切だ。個性的な人が集まっているような職種だから、みんなとうまくやっていくには大変だろう。十代のころから、十年以上モデルを続けているだけでも、その努力は窺える。ある意味、尊敬に値する。もう親しくはないけれど、元気で頑張ってほしいと、俺は思っているよ』

永野に「尊敬に値する」とまで言わせた由香に、純理は猛烈な嫉妬を抱いた。だがそれはしかたがないことなのだ。由香は、努力の結晶である身体ひとつで仕事をしている。

純理には、自信を持って永野に見せることができるものが、なにもない。

みずからが否定している、この人並み以上に整った顔しか、持っていないのだ。

『俺が言いたいこと、わかった?』

「……うん…」

『ああ、もうこんな時間だ。そろそろ寝ないと、明日も学校だろう?』

「永野さん……」

なにか、まだ話さなければならないことがたくさんあるような気がして、電話を切りたくない。

「……あの……」

純理がなにも言えないでいると、永野は宥めるように静かに言った。

『ごめんね。説教したつもりはないから』

「そんなふうには思ってないよ」

『よかった。これだからオヤジはうるさいって愛想を尽かされたらどうしようかと、言ってしまってから冷や汗が出たよ』

本気か冗談かわからないおどけた口調で、永野は笑った。


『もう一度、話がしたい。会えないかな』

井戸田から電話があったのは、春休み初日のことだった。

いままさに永野に会うため自宅の玄関を出たところだったのだが、そんなこと井戸田は知らない。

例のドラマが高視聴率をキープしたままクライマックスに向かっているため、ＣＤジャケットのモデル探し騒動は純理の望みとは裏腹に終息していなかった。

けれどこの話題が持ち上がってからもう三週間にもなるのに、純理の名前はマスコミに挙がっていない。この情報化社会で三週間もの時間をかけても素性が明らかにならないのは理由があった。それは父親の万里がこの騒動を知ったからだ。

『緒川君、頼むよ』

きっと井戸田は純理の親がだれなのか、もう知ったことだろう。

万里自身がこういった事態の収拾にあたることはないが、マスコミ関係者に知人友人はいくらでもいる。万里の才能に惚れ込んで、損得抜きで動いてくれる人もいるのだ。そういった人の手を借りて、万里は息子の意向を汲み名前が出ないように手配してくれた。

曰《いわ》く、ドラマの宣伝のために話題にするのはいいが、素性を出すな。最終回の放送終了後には一切話題にするな。

たぶん井戸田にも、そういった話は行っている。

「わかりました。いいですよ。いつにしますか？」

『ぼくはいつでもかまわない。君に合わせるよ』

純理はちらりと腕時計を見て、永野には遅れるとメールしておこうと決めた。

「だったら、いまなら少し時間があるんですけど」

できれば六本木方面の目立たない場所がいいと言った純理に、井戸田は「じゃあ迎えに行くからぼくの車の中で話をしよう」と考えた末に提案してきた。

井戸田の車は古ぼけたワゴン車だった。後ろは撮影機材とおぼしきものと寝袋、毛布で埋めつくされている。かろうじて乗り込めるのは助手席だけだった。

「ありがと、会ってくれて」

開口一番に井戸田はそう言ってホッとしたように笑った。

出来上がったCDを受け取るために会ったのは一ヶ月前だったが、そのときより井戸田はあきらかに憔悴《しょうすい》していた。

「六本木方面に用事があるんだ？　そっちに向かいながら話していいかな？」

純理が頷くと井戸田は丁寧な運転で車を出した。

「僕の家、知っていたんですか」

「ああ、まぁ……その……」

「父の関係者から連絡来ました？」

「……来た」

井戸田はため息をつきながらハンドルをきる。

「……どうして隠していたんだい？　君のお父さんが……」

「緒川万里だってこと？」

そう、と井戸田は力なく頷く。

「びっくりしたよ。突然電話がかかってきて」

「父から直接？」

「すごく緊張した…」

さしかかった交差点の信号が赤で、井戸田は車を止める。ハンドルに顔を伏せた。

「監督の作品、ぼく全部観てるんだ。カメラワークとか、映像処理とか、ものすごく好きで。ああ、もちろん脚本も好きだけど……まさかこんな形で話をするなんて思ってもいなかった…」

「なにか言われました？」

「いや、特に。ぼくは最初から君のことをマスコミに流すつもりはなかったから、そう言ったんだ。そしたら、恐れ多くもお礼を言われちゃったよ。昔から芸能界入りの話が絶えずあって、それをずっと断り続けていたんだって？　監督がそう言ってた。それなのに、ぼくが頼み込んだから写真の使用許可を出してくれたんだよね。ありがとう。本当に。こんな騒動になっちゃって、ごめんね」

「話題になったのは井戸田さんのせいじゃありませんから、謝らなくてもいいです」

「うん、でも……君をもう一度口説こうと思っていたから」

「え?」

「やっぱりぼくのモデルになってほしいって」

井戸田は信号が青になったのを確認して、アクセルを踏む。

「ぼくは君をまた撮りたいと思ってる。もう一度君にアタックしたいんだ」

「井戸田さん…」

「君のお母さんが女優だったって知って、納得するところがいっぱいあった。やっぱり血を受け継いでるんじゃないかな。そこにいるだけで絵になるなんて、どれだけ才能がない人が真似しようとしてもできるもんじゃない。君はきっとモデルに向いている」

顔がきれいだからモデルになれば、と言われたことはあっても、向いていると言われたのは初めてだった。

「監督に聞いたけど、君を育てていたお祖母さんが、芸能界を嫌っていたんだって? そのせいでひどく毛嫌いするようになったんじゃないかって」

祖母は一人娘を若くして亡くしたためか、その悲しみを芸能界への憎しみにすり替えているところが確かにあった。純理は芸能界の悪口を直接吹き込まれていたわけではなかったが、ことあるごとに「あんな世界は…」と忌々《いまいま》しげに呟いていた祖母の姿を見て、子供ながら思うところはあった。

「もちろんキレイなだけの世界じゃないよ。ある意味、弱肉強食の世界だから。でも、そんなのどの職業でもいっしょだ。楽ができる仕事なんてないんじゃないかな。だからこそ、向いているところで自分を試してみてもいいと思うんだ」

井戸田は熱心にかき口説いてくる。純理のためにどうしてこんなに、と不思議なほどに。

それだけ純理を撮りたいのだろうか。それだけの価値が自分にあるのだろうか。

「その、ぼくが喋っちゃったこと、黙っててほしいんだけど……監督が愚痴っぽく言っていたことがあって……」

「父が？　なんですか？」

「この業界に入ってくれれば、いろいろと息子に手を貸せるのに……って」

なんだ、それは…？

「ずっとお祖母さんに預けられてて、いっしょに暮らし始めたのは君が十五歳になってからなんだってね。普通はいきなり父子《おやこ》関係を始めるなんてこと、かなり大変じゃない？　監督はたぶん、おなじ業界人としてのほうが父親らしく君とつきあっていけると思っているんじゃないかな。ほら、共通の話題もできるし、君の相談を聞くこともできるし。まあ、これはぼくの勝手な解釈だけど」

井戸田の解釈は、ほぼ当たっているのではないかと、純理は頷いた。

二年前、祖母の死により、一年に数回しか会わなかった父子はいきなり同居することになった。純理は父親にどう接していいかわからなかった。向こうもきっとおなじだったろう。

いっそのこと業界人になってくれたら――なんて、万里が考えそうなことだと思う。

不器用な人。すこしでも気に入った女にはどんどん声をかけるくせに、どうして息子には大切なことを伝えられないのだろう。こんな親子関係の愚痴を、実際に会ったこともない井戸田にこぼしてしまうなんて。

「いや、でも君の意思が大切だ。監督がどう思おうと、ぼくがどう切望しようと、大切なのは君の気持ちだから。モデルが嫌だってことは、もうわかってる」

純理は改めて井戸田のやつれた横顔を眺める。

たったいま聞いた、父親の心境が素直に胸に響いていた。そして井戸田の「君は向いている」という率直な意見。

さらに、電話で聞いた永野の考え方。

――受け継いだものを生かすことは、なにも悪くない。

そう、悪いことではないんだ。

「井戸田さん、そんなに、僕を撮りたいんですか…?」

「撮りたい」

井戸田はきっぱりと言い切った。

「ケアンズでは盗み撮りのようなものだっただろう? ああいった一瞬の邂逅《かいこう》みたいなモノももちろん素晴らしいけれど、君と正面からぶつかってみたいんだ。プロのカメラマンとしてのぼくと、プロのモデルとしての君。きっとすごいモノが出来るよ」

自分の想像に興奮してきたのか、井戸田は目をキラキラさせて喋る。

「僕はそんなにすごい人間じゃないです」

「緒川君、すごいとかすごくないとか、そんなこと本人にはなかなかわからないものだよ。自分を客観的に評価できて、さらにそれが正確な人なんて、世の中にどれくらいいると思う？　ほとんどいないんじゃないのかな。だから自分のことをそんなふうに評価することに意味はない。君のことを、ぼくが撮りたいと言っているんだ。何度断られても諦めきれないくらい。それで十分じゃないかい？　それに撮った写真を評価するのはまた別の人だ」

評価は別の人…そう言われればそうだ。いままでいろいろな方面からスカウトされてきたが、純理を勧誘した人たちと、仕事に対して評価を下す人は別なのだ。そんなことに今更気づいた。

甘言《かんげん》を携《たずさ》えて寄ってくる業界人が嫌いで、純理はすべて断ってきた。だが、それがすべてではないのだ。テレビや雑誌を見るのは、一般の人たち。その映像や印刷物を見て、なにかを感じるのは業界人だけじゃない。ほとんどが、一般の人たちだ。

純理はなんて傲慢《ごうまん》な子供だっただろうか。芸能界なんてものに足を突っ込んだら、いま以上に人が寄ってきて鬱陶しいことになるだろうとか、多忙になってまともに学校へ通えなくなるんじゃないかとか、仕事の現場で父親の知人に会うのは気まずいとか、顔だけで仕事をするなんて中身がまるでないみたいだとか、心の中で何様の文句を並べ立てていたのだ。

芸能界に入ったとしても、絶対に成功するとは限らないのに。使い物にならないと烙印《らくいん》を押され、だれにも見向きもされない可能性だってあるのに。

評価を下すのは一般の人たち。純理を映画監督の息子として見る業界の人だけじゃない。

由香はたった一人で戦っている。その元カノに、永野は賛辞を送っていた。

彼女は自信を持って、正々堂々とモデルという仕事をしているのだ。彼女の生き様が、輝いて見える。精一杯の努力の結果だからだろう。

純理は自分を省《かえり》みて、やはり俯かずにはいられない。

いまの自分にはなにもない。永野をずっと繋ぎとめておくには、いまのままではだめかもしれない。このままでは、本当に顔だけの恋人で終わってしまうのかもしれない。

なにかがなければ。なにかを摑まなければ。

「実は、ひとつ君絡みの仕事が舞い込んできているんだ」

「僕絡み？」

「テレビガイド誌の特集ページ。話題の謎のモデルを撮影者だったぼくが、もう一度撮るっていう企画がある」

例のドラマのプロデューサーが、最終回を迎える前までにテレビガイド誌に純理のグラビアを載せたいらしいと、井戸田は説明した。

「はっきり言って、ぼくはやりたい。カメラマンの名前も大きく扱われるし、なにより話題になっている今、注目される。ぼくは独立したばかりでもっと仕事が欲しいし、これをやれたら弾みになる。依頼者が時間と場所を用意してくれて、正面から君を撮ることができる絶好のチャンスでもある。でも君がダメだったら、この企画自体がなくなる……」

いつの間にか、車は六本木界隈に近づいていた。井戸田はしばらく路上駐車ができそうな、小さな公園の脇に車を止めた。

そのまま、井戸田はなにも言わない。

井戸田の性格から、純理に無理を強《し》いるような言動ができないのだろう。だが切迫《せっぱく》した気持ちが伝わってくる。

独立したばかりの井戸田にとって、このテレビガイド誌の仕事は大きいのだろう。もしかして断ったらまずいことになるのかもしれない。だが井戸田はそういったことはいっさい口にしなかった。純理を泣き落としたり、半ば脅迫じみたことを言ったりして了承させることだってできるのに。

自分の仕事に対する、ひたむきなまでの意欲。井戸田にあるのは、たぶんそれだけだ。

純理は無言で視線を落としている井戸田のやつれた横顔を見つめる。

被写体としてこれだけ切望《せつぼう》されていることが、正直、純理は嬉しい。

根拠はないが、たぶん、井戸田は自分をとてもきれいに撮ってくれるだろう。

——きれいなんて言葉、最近まで自分で自分に使うことなどないと思っていたのだが…。

（永野さん…）

純理はいまごろマンションの自室で自分の訪れを待っている恋人を思った。

もし――もしも、純理が井戸田に撮られ、それがすばらしい出来であったなら、永野は感心してくれるだろうか――。生まれ持ったものであるこの容姿を疎《うと》ましく思うだけでなく活かし、努力してさらに磨けば、もっともっと、純理の方を向いてくれるだろうか。何年も前に別れた女性のことを、懐かしむことも少なくなるだろうか。

なにも持たない高校生ではなくなるだろうか……？

「井戸田さん、その雑誌の仕事って、具体的にどういうものなの？」

純理の質問に、井戸田は弾かれたように振り向いた。喜色《きしょく》混じりの困惑顔で、しどろもどろに答えてくる。

「巻頭カラーで四ページ。ロケに行っている時間はないから、たぶんスタジオ撮影になると思う。モデル料はもちろん出る。スタイリストもヘアメイクもクライアントが用意してくれる。もちろん衣装も。あ、誤解がないように言っておくけど、ヌードじゃないから。ちょっとオシャレな衣装を着て、ぼくが言うとおりにポーズをつけてくれればいい」

「……僕のそんな写真が、世間にウケるの？」

「もちろん。編集部とテレビ局のプロデューサーは君の素性を紙面で明かす気満々なんだけど、君が嫌だったらそこまでしなくてもいいから。ぼくは、君の写真だけで十分インパクトを与えることができると思っている。だから無理して明かすことはないよ。ぼくはとにかく君を撮りたいんだ。君の了承さえもらえたらすぐにでも撮影準備に入る。だから…」

うんと言ってくれ。井戸田の目が懇願《こんがん》している。

純理は苦笑しつつ、覚悟のため息をついた。

「わかりました。やります」

「えっ…」

「そこで素性も明かしてしまいましょう。その方が逆にこれ以上騒がれないような気がします」

「緒川君！」

井戸田は半泣きで純理にがばっと抱きついてきた。ほとんど首を絞めかねない勢いでぎゅうぎゅう抱きしめてきたと思ったら、唐突に突き放される。

「ありがとう、ありがとう！　うれしいよ！　絶対にいいものを撮るから、任せて！」

「信用していますから」

「ありがとうーっ！」

今度は純理の両手を握り締め、握手のつもりだろうがぶんぶん振り回されて痛いほどだ。

「いつ、いつならいい？　できるだけ近いうちがいいんだけど。もう時間がない…」

「僕は今日から二週間、春休みです」

「ああ、なんて好都合なんだ！　すぐにでもスタジオの準備を整えるよ。あ、監督は大丈夫？　許可を取っておかないと、君は未成年だから…」

「僕が自分で連絡します」

モデルを引き受けることになったと言ったら、たぶん驚くだろう。業界入りを本気で望んでいるなら、喜んでくれるかもしれない。

「今日は最高の日だ。うれしいなぁ。祝杯を挙げたいくらいだ」

鼻歌でも歌いかねないほどのハイテンションになった井戸田がなんだかおかしい。さっきまで絶望的な表情をしていた男と同一人物とは思えないくらいだ。

純理自身も、ひとつの結論を出したことで、なんだか胸がすっきりしていた。

ふと車のデジタル時計を見て、そろそろ行かなければと思う。今夜は永野の部屋に泊まる予定だ。今日こそ、全部打ち明けよう。ずっと長く付き合っていくためには、やはり隠し事なんてしないほうがいい。

「じゃあ、井戸田さん、また携帯に電話ください。僕、もう行きます」

「うん、ごめんね、時間を取らせちゃって。ここで降りるの？　目的地まで送っていくよ？」

「いえ、たぶん僕が目指すところのすぐ裏側あたりだと思うので…」

周囲の景色を確かめようとフロントガラスの向こうへ視線を投げた純理は、あっと声を上げた。

路駐した井戸田の車の正面に、普段着姿の永野が立っていたのだ。腕にはベーカリーのロゴが入った紙袋を抱えている。あれは永野がお気に入りの店のものだ。お泊まりの翌朝は、いつもその店のパンが食卓に並ぶ。この近くなのだろう。

十日ぶりの永野の姿に、純理は心を弾ませる。だがすぐに永野の様子がおかしいことに気づいた。冷たい視線が真っ直ぐに純理と井戸田に注がれている。

「あれ、だれ？　知り合い？」

井戸田も永野に気づき、そっと純理の耳元に口を寄せて訊ねてきた。純理はつられて「うん」と小声で頷く。

その親密そうな様子が永野の癇《かん》に障ったとは、純理には想像もつかない。

永野は厳しい顔のまま運転席へ近づき、窓をコンコンとノックした。

「はい？」

純理の知り合いだからと気安く井戸田はウインドウを下げる。そこにガッと永野の腕が飛び込み、井戸田の胸元を鷲掴《わしづか》みにした。一瞬の出来事だった。

「わっ、わわわっ」

「井戸田さんっ？」

永野が力任せに狭い窓から井戸田の体を引きずり出そうとする。恋人の見たこともない青ざめた形相《ぎょうそう》に、純理は愕然とした。

「な、永野さん、永野さん？　どうしたの、なにをしているのっ。やめてよっ！」

「痛、痛ててっ」

「永野さんっ！」

「純理、こいつはだれだ。俺に遅れると連絡してきておいて、どうしてこいつと会っていた」

「え？　なに？　なにが？」

「さっさと車から降りろ、純理！　いつまで乗っている！」

「わかっ、わかったから、永野さん、その手を離してっ」

上半身が窓から引きずり出された体勢の井戸田はとても苦しそうだ。

「どういう関係なんだ、この男とは。べたべたと馴《な》れ馴れしいっ」

井戸田は抵抗しているのだが、永野の力の方が勝っているらしい。じりじりと外へ落ちそうになっている。純理は降りろと言われても、井戸田のパーカーを掴んで助けていたから動けない。

「く、苦し…」

「永野さん、離してっ。井戸田さんがケガしちゃうっ」

井戸田もある意味、体ひとつで仕事をしているのだ。フリーランスのため有給休暇などあるわけもない。ケガで仕事ができなくなったりしたら大変だ。

「だからどういう関係なんだと聞いているだろうっ。抱き合ったり手を握ったり、そういう親密なスキンシップを許す間柄なのか！」

「な、永野さん…？」

純理はやっと永野が勘違いの嫉妬心で暴挙《ぼうきょ》を働いていることに思い至った。一瞬、唖然としてパーカーを掴んでいた手が緩む。

「うわぁっ」

井戸田の体がずるりと外に出てしまった。

「この人は僕のカメラマンだよっ！」

「えっ？」

永野がはたと我に返ったのと、井戸田が窓から落ちたのは、ほぼ同時だった。

「井戸田さんっ！」

純理の悲鳴があたりに響き渡る。アスファルトの道路に頭から落ちたと、純理は思わずぎゅっと目を閉じたが、異音はどこからも聞こえなかった。

おそるおそる目を開ければ、永野に腰をがっちりホールドされた逆さ状態の井戸田が、地上十センチのところで茫然と宙を見つめている。

逆さになった井戸田のパーカーのポケットからつるりと携帯が滑り落ちてきた。続いてボールペン、十円玉、消費者金融の広告が入ったポケットティッシュ、のど飴等々…がぱらぱらと道路に散らかる。

純理はとにかくほっと息をつき、ぐったりと脱力した。

リビングのテーブルに、純理はそっとCDを置いた。

憂いを含んだ純理の表情が印象的なジャケットを、永野は無言で見つめる。どきどきはらはらしながら、純理はその様子を見守っていた。

事情は全部自分で説明するからと、純理はあの場で井戸田を帰した。井戸田が永野をどういう関係者だと思ったのかなんて、あとで心配すればいいことだ。とにかく眉間に皺を寄せて剣《けん》呑《のん》な気配を隠さない永野と、まるで本当に後ろ暗いことがあるような怯え方をする井戸田を引き離さなければならなかった。

純理は永野に、ほとんど引っ立てられるような感じで、マンションまで連れられてきた。柔らかな色調に包まれているはずのリビングが、今日は刺々《とげとげ》しい空気に満ちている。

なにも言わない永野に、純理はか細い声でとつとつと隠していたことを話した。

まず父親が映画監督の緒川万里であること、そのせいで子供のときからいろいろと勧誘されていたこと、それらすべてを断っていたこと。それなのに井戸田が撮った写真の使用許可を出したばかりに周囲が騒がしくなったこと、そして今日、テレビガイド誌のグラビアの仕事を受けたこと。

一通り打ち明けたあとも、永野は難しい顔をしたまま黙っている。どうしよう、すごく怒ってる…。純理は動揺しながらも、永野がどの件に対して一番腹を立てているのか懸命に考えたが判断つかないでいた。

「どうしていままでなにも話してくれなかったんだ…」

ぽつりと永野がつぶやいたのは、全部ひっくるめての当然の疑問だった。

「…ごめんなさい」

「俺は理由を聞いている」

「き、嫌われたく、なかったから…っ」

そう、嫌われたくなかった。すべてはその一言に尽きる。それなのに、隠していたせいで今こうして怒らせている。永野の怒りが解けなければ、このまま終わってしまうのだろうかと、純理は底の見えない不安に陥りそうになった。

「あの大晦日の晩、永野さんはただの高校生でしかない僕を気に入ってくれた…。だから、人気映画監督の一人息子だなんて知られたら、引かれると思ったんだ…」

永野は片手で額を覆い、ふぅ…と息をつきながらソファにもたれる。

「俺が、君を嫌う？　緒川万里の息子だから？　どうして？」

「どうしてって…面倒でしょう。有名人の家族なんて、一番厄介《やっかい》なモノじゃない。ぼ、僕がまだ十七歳だって言って気にしていたのは永野さんじゃないかっ」

責任転嫁だとわかっていても、つい永野を責めるような言葉が口をついて出る。情けない。悪いのは隠していた自分であって、永野ではないのに。

じわっと涙が滲んできた。永野の腕が伸びてきて、くいっと腕が引っ張られる。倒れた先は永野の胸だ。

「純理がだれの息子でも、嫌う理由になんてならないよ。それとも、純理はそういう基準で恋人を選ぶのか？　俺がもし、だれか有名人の息子だったら別れる？」

ものの例えだとわかっていても、別れる場面を想像しただけで悲しくて純理はぽろぽろと涙をこぼした。

「ああもう、泣かなくていいよ。怒っていないから」

「うそ、うそだ」

「怒ってないよ」

「だってここに、すごい皺が…」

永野の眉間を指で擦ると、寄っていた深い皺はゆるゆると解けた。

「すこし寂しかっただけだ。それで拗《す》ねていた」

拗ねて…？

「隠さずに、話してほしかった」

「ごめ…」

「俺は本当に君のことを好きだよ。かわいくてたまらない。本音は君のことならなんでも知りたい。けれど自分から話さないことをこっちから根掘り葉掘り聞けないだろう？　かなり我慢していたんだ」

「僕から話すの、待ってた？」

「ずっと待ってたよ。君が亡くなったお祖母さん以外の家族のことを詳しく話したがっていないことには、とうの昔に気づいていた。こんなカタチで知る前に、打ち明けてほしかったな…」

「ごめんなさい、永野さん…っ」

純理はきゅっと永野の首にしがみついた。ほとんど永野の腹に乗り上げるような体勢になったが、着やせするタイプの永野の頑丈な腹筋は軽い純理の体重ごときではびくともしない。たのもしい永野。純理の全部を受け止めようとしてくれる。どうしてもっとはやく話せなかったのかと、今更ながらの後悔に胸が痛い。

「怖かったんだ。永野さんが離れていっちゃったらどうしようって…っ」

「こんなことで君から離れるわけがないだろう」

「ホント？　僕のそばにいてくれる？」

「俺はなにがあっても君を手放すつもりはないが……君の父親は？　緒川監督は一人息子に俺という虫がついたのを知ったらどうするだろう？」

「そんなの、なにを言われても僕は聞かないつもりだよ。だいたいあの人が僕になにを言えるっていうんだ。片っ端から女の人に手を出してスキャンダルまみれのダメダメ男なんだよ」

「俺を排除するために強硬手段に出たりしないかな?」

「強硬手段って?」

「警察に届けるとか」

純理はぎょっとしつつも、ぶんぶんと首を横に振った。

「そ、そんなの、しない、させない、絶対に、ダメだからっ。父さんがもしそんなことをしたら、僕は縁を切る。ぶん殴って家を出るッ」

「ああ、ごめん。例え話だよ。落ち着いて」

想像だけでまた涙がこぼれそうになった純理の目尻を、永野がそっと優しく指でぬぐってくれる。

例え話でも、まったくありえない展開ではないから恐ろしい。つまり、純理が十七歳であるということは、そういう事態にもなり得るということだ。

「ぼ、僕、誕生日、十二月なんだ…。十八歳になるまで、あと…九ヶ月もある…」

「純理、悪かった。変なことを言って。緒川監督に知られたときは、許してもらえるように頭を下げにいくから。真剣なんですって」

「永野さん…」

「大丈夫さ、きっと」

だから俺のためだとか余計なことを考えて身を引くなんてことは考えないでくれ――と抱きしめられながら懇願される。純理は愛しい想いをこめて、永野の頭をぎゅっと抱いた。

もうひとつ、確認したいことがある。

永野の顔を覗きこみ、きちんと視線を重ねて純理は正面から聞いた。

「あの、モデルを引き受けたことも、怒ってない?」

「怒らないさ。君が自分で決めたことだろう。俺がどうこう口出しするものじゃない」

突き放すような言葉だが、その柔らかな笑みが、年下の恋人の人格を尊重していると語っている。

「じつは、モデルをやってみようかなと思ったのは、永野さんの元カノがモデルだって知ったからなんだ」

永野は片方の眉をちょっと上げただけで、なにもコメントしなかった。

「僕はずっとこの顔がコンプレックスだった。ちょっとくらい良くたって、なんの役にも立たない。鬱陶しいだけだって思ってた。芸能界へ誘われたって、顔を売ってなんのためになるんだって思ってた。でも、永野さんが、あの元カノさんを褒めていたから…考え方を改めたんだ」

永野は黙って純理の告白を聞いてくれている。

拙い言葉だけれど、一字一句聞き漏らすまいと耳を傾け真摯に受け止めてくれる恋人の存在を、いまほど嬉しく感じたことはない。

「期待通りにできるかわからないけど、井戸田さんが僕を望むなら、チャレンジしてみる」

持って生まれたものを活かす。それはなにも悪いことじゃない。そう教えてくれたのは、永野だ。

「君がやってみたいなら、やってみるといいよ。応援する」

「うん、ありがとう」

「ただし、ひとつ条件がある」

「なに？」

首を傾げた純理に、永野はしれっとした顔でこう言った。

「撮影には俺も立ち会う」

「え…」

「いっさい口は挟まないと約束するが、撮影現場に入らせてもらう。それだけは譲れない。あの井戸田というカメラマンにそう伝えておいてくれ」

まさか、まだ井戸田を疑っているのだろうか。妬《や》いてくれるのはなかなかに気分がいいのだが、信じてもらえていないようで複雑な心境になる。

「いい？」

「あ……うん……」

純理は頷くしかなかった。

「でも、仕事は？」

「なんとかするから、そっちは心配しなくていい」

にっこり微笑みながら言った永野の中では、もう決定事項らしい。

「ところで、これ、ケアンズで撮られた写真だって言っていたけど」

「あ、うん。そうだよ」

ＣＤジャケットを改めてまじまじと見られ、純理は恥ずかしさに視線を泳がせる。

「隠し撮り？」

「んー…まあ、そんなものかな。でもその場で僕は許しちゃったから。悪い人じゃなさそうだと思って」

「……このとき、なにを考えていたんだ？」

永野の声音がまたもやじわりと剣呑な色を帯びてきて、純理はどきっとする。なにかまた気に障ることがあったのだろうか。

「なにをって、なんで？　あの…」

にわかにまたうろたえはじめた純理をちらりと横目でうかがい、永野は大きくため息をついた。

「ごめん。ちょっと気に入らなかっただけだ」

「なにが？　ねぇ、なにが？」

「…………君にこんな表情をさせているモノ、あるいはコトって、いったいなんだろうと思ってね」

「こんな表情…」

「すごく色っぽい。切なそうで、憂いがたっぷり滴るほどにあって、一目見たら脳裏に焼きつくカットだ。なるほど話題になるのもわかる。カメラマンがいるとわかっている撮影じゃなくて隠し撮りならなおさら、演出じゃないぶん気になるじゃないか。君がこのときなにを考えて、こんな顔をしているのかって」

色っぽい。まさか永野にそんな感想を持たれるとは思ってもいなくて、純理は頬に血を上らせた。照れ臭さのあまり永野の目から逃れたくて乗り上げていた腹の上から下りようとしたが、拘束するように腕が腰に絡みついてきた。

「逃げるな。答えてほしい。このときなにを考えていたのか」

「でも、あの…」

「逃げないでくれ」

懇願口調で囁かれてしまっては、もう動けなくなる。永野の声はただでさえ純理の理性に多大な影響を与えるのだ。本気で囁かれては抵抗できるはずもない。

「教えてくれ。なにを考えていた？」

「……な、永野さんのこと…」

消え入るような小声で、純理は耳まで赤くなりながら告白した。精一杯の逃げとして、永野の肩に顔を埋めてぎゅっと目を閉じる。

「俺のこと？」

「いまどこにいるんだろう、なにをしているんだろうって、空を眺めながら考えてた…。会いたくて、すごく会いたくて、でも会えなくて…寂しくて……永野さんのことを想ってた」

「修学旅行中だったのに？」

「そんなの関係ない。たしかに旅行は楽しかったけど、永野さんを想い出さない日なんてなかったんだから」

「顔を見せて」

すこし強引に、純理は伏せていた顔を上げさせられた。鼻が触れ合うほどの至近距離で、目を細める永野と見つめあう。きりりとした端正な顔が、とろけるような笑みを浮かべていた。

「嬉しいよ、純理。俺のことを考えると、こんな表情になるんだね」

「自分でも、びっくりしたけど…」

ははは、と永野は嬉しそうに笑い、ぐっと純理を抱きしめてきた。

「ああもう、君はたまらないな。かわいい。隠し事をしていたおしおきをしようと思っていたのに、できないじゃないか」

「お、おしおき?」

この十年ほどは使われたことのない単語が飛び出してきて、純理は目を丸くした。でもなぜか、胸の奥がツキンと甘く疼く。かつて祖母が口にしたときとはまるで違う響きに、純理のなにかが反応した。

「なにを、するの…?」

「おや、興味あるんだ」

永野は悪戯っぽい笑顔の中、目をきらりと光らせる。純理の腰をホールドしていた手が、ゆっくりと脇腹をさすった。たったそれだけなのに、純理はぞくぞくと背筋を震わせる。

「聞きたい? それとも、知りたい?」

「えと……今後の参考のために、聞いておいたほうがいいかなって…」

にわかに永野が醸《かも》しだす空気が変わる。まなざしも、あのとき特有の色を帯びる。舐めるように全身を見つめられて、純理はもうそれだけで喘ぎそうになった。

「これ、どうした?」

「あっ」

雰囲気だけで半ば反応してしまった股間を、永野がジーンズの上から撫でてきた。じんと甘い痺れがそこを中心にして下半身に広がる。ジーンズの硬い布地がきつい。永野の指は中の形をたどるように動き、微妙すぎる刺激を与えてくる。

じれったい。もっと直接触ってほしい。そこが窮屈でたまらない。永野の指でそこから出してほしい——。

急かすように腰が揺れてしまう。

「永、野さ…っ、もう…」

「純理、早いな。まだなにもしていないのにこんなに大きくして」

淫乱だと言われたようで、純理は羞恥に唇を噛む。

「こっちは?」

セーターの下から永野の手が滑り込み、胸の突起を撫でさすられる。さらさらと指の腹で擦られ、たまらなくて背筋が仰《の》け反《ぞ》った。自然、胸を永野に突き出すような格好になってしまう。

もっと、もっと触ってほしい。

「あ……永野…さ、ちが…」

「なにが違う?　ここは触っちゃダメ?」

セーターの下から永野の手が出て行きそうになり、純理はあわててその手を掴んだ。

「ちが、ちがうよ。そうじゃなくて、もっと…」

「もっと、なに?」

痛いくらいに摘んでほしい…。本音を口にするのはあまりにも恥ずかしくて、純理は口ごもる。

「はっきり言わないとやってあげないよ」

意地悪な顔つきで永野は宣言し、思わせぶりにセーターの下で手を蠢《うごめ》かす。

こんなことといままで言われたことなどなかった。言わないとしないなんて……。

「あの、永野さん…ここを、その……」

もごもごと口ごもっている間も、性感帯となってしまった胸とジーンズの中はじんじんと疼いて痛いほどだ。

「ここって、どこ？」

「………ここ」

どうしても乳首と言えなくて、純理は震える両手を使い、セーターを胸までたくし上げた。

永野の愛撫を待って、二つの飾りは赤く充血し、つんと尖《とが》っている。

「ここをどうしてほしい？」

「さ、触って」

「さっきも触ったけど、ちがうって言ったのは君だよ」

「もっと、強く触って」

「強く？　揉んだり、摘んだり…あと、舐めてもいい？　噛んでもいい？」

愛撫のバリエーションを言葉にされ、純理は肩で喘ぎはじめた。まだまともに触れられてもいないのに、身体がものすごく昂ぶってしまっている。下着の中で、勃ち上がった性器はすでにべたべたになっているはずだ。

「なにをしてもいい？　好きにしていい？」

「いい…」

「痛いくらいに摘んでもいい？」

「つ、摘んでもいい…」

「舐めて、噛んでもいい？」

「舐めても、噛んでもいいっ」

純理本人はつい復唱してしまっていることに気づいていない。永野は人の悪い笑みを浮かべながら、露《あらわ》になっている白い胸に顔を埋めた。片方の乳首をねっとりと舌で舐め、もう片方を指で嬲る。

「あっ、あっ、あんっ」

びくびくと白い腹が慄《おのの》く。歯でひっかくようにされると、たまらない快感が湧いて純理は腰をよじった。指でいじられている方は、先を摘まれて軽く引っ張られる。痛みはすぐに心地よい刺激にとってかわった。

「これだけでイッちゃいそうだな」

そんなことない、と抗議したいが口はもう荒い呼吸をするのに精一杯で理性的な言葉をつむぐことが難しい。硬い布地を押し上げて完全に勃ちあがってしまっているものを、一刻も早く開放してほしくて純理は羞恥をこらえながら永野の手を摑み下腹部へと導いた。

乾いた唇を舐め、こくりと唾を飲んでお願いする。

「ここ、して…」

「なにを？」

勇気をふりしぼった一言なのにそっけなく聞き返され、純理は涙ぐむ。

もしかしてこれがおしおきなのだろうか。だったら永野に従わなければならないのだろうか。

「ここ、出して、に、握って、ほしい…」

「自分で出してごらん」

純理はのろのろとジーンズのボタンを外した。ファスナーを下げる音が、さらに純理を居たたまれない気持ちにさせる。思ったとおり、グレーのボクサーパンツには、ひどい染みができていた。

「もうこんなに濡れていたんだ。見せてごらん」

奥歯を嚙みしめて純理はみずから下着を下ろす。露になったそれはやはり先走りの体液でぬるぬるになっていた。

「触るよ」

わざわざ宣言して、永野は純理の性器に触れてきた。

待ちかねていた刺激に、純理の唇から細い息が漏れる。幹の部分をゆっくりと上下に扱かれ、さらに後ろの窄みを生地の上から指先でぐっと押され、腰が痺れるような快感にすぐ達してしまいそうになった。

「あっ、も、いっ……」

「こら、まだだ」

すっと愛撫の手が離れてしまった。どうしていつものようにあっさりいかせてくれないのか、純理は焦《じ》れる体を持て余しながら縋る目で永野を見つめる。やはり、これがおしおきなのだろうか。

「純理、脱いで」

もとから抗《あらが》う気などない純理は、永野の膝から下りてジーンズと下着を足から抜いた。セーターは永野の手によって脱がされる。純理は一糸もまとわぬ姿になって、明るいリビングのソファにそっと押し倒された。

全裸の純理を見つめながら、永野はゆっくりと服を脱ぐ。現れた逞しい体軀《たいく》に、純理はたちまち陶然と瞳を潤ませた。

「……いい顔だ…」

ため息混じりにつぶやき、永野は純理のなめらかな頬に手を滑らせる。まるで猫にするように顎をくすぐられ、純理もまた猫のようにうっとりと目を細めてその大きな手に甘えてみせた。

「純理、モデルをしてもいいけど、こんな顔はだれにも見せちゃいけない。見せてもいいのは、俺だけだ」

「そんなの……あたりまえだよ」

自分がいまどんな顔をしているのかわからないが、こんな場面で見せている顔だ。いったいどこでどう人に見せるというのだろう。純理にしたら、まるで無用の心配だ。

「撮影は、いつ?」

「わからない。井戸田さんからの連絡待ち」

「痕つけたら、マズイかな」

婀娜《あだ》っぽい笑みとともに聞かれ、純理は今さらながら羞恥にきゅっと唇を噛む。

「こことか」

耳の下あたりをつっと指がなぞる。純理はぴくりと反応し、小さく声を上げた。

「ここも、ここも」

永野の指は鎖骨の一点を突き、するりと滑って乳首のまわりをくるっと撫でた。

「あっ」

「みんな君の感じる場所だ。でもモデルをするなら人前で着替えたりするかもしれない。見えるところだけじゃなく、見えないところにも痕をつけちゃだめだろうね」

「永野…さん…」

剝き出しになって隠すものがない体の中心で、さっきからさんざん焦らされている性器がはしたなくもぴくぴくと震えてしまっている。早く続きをしてほしくて、純理は蕩けた瞳で永野に訴えた。

「もう、おねがい…」

「純理…」

ああ、と熱のこもった吐息とともに、永野がくちづけてきた。奪うような激しさで口腔内をまさぐってくる。きつく舌を吸われ、上顎を舐めねぶられ、息もできない苦しさを与えられながら、なめらかな筋肉がついた永野の背中に腕をまわした。

「あっ、ん…」

足の付け根に永野の指が滑り込み、後ろの窄みを撫でられた。そこはいつの間にか前から伝った透明な粘液で濡れている。

「すぐに指くらい入っちゃいそうだね」

含み笑いをこぼされて、純理は恥ずかしさに泣きそうになる。

言葉通り、永野の指先はたやすくつぷんと潜り込んできた。びくっ、と腰が跳ねる。もうすっかりそこで男を受け入れることを覚えてしまった身体は、たったそれだけの刺激でもう勝手に蠢きだした。

「すごい…純理、中が、おしゃぶりするみたいに動いている」

そんなこと言わないでほしい。永野に抱かれるようになって、浅ましい身体に変わってしまったことなどわかっている。そこで繋がればこの世のものとも思えないほどの快楽に我を忘れるようになってしまったのだから。

二本に増やされた指も、なんなくそこはくわえこみ、もっとと誘うように動いていた。

「ほら、俺の指が美味しいって、吸いついて離さない」

嫌がっているのにわざと永野は囁いてくる。居たたまれないほどの羞恥と、欲望の渦の中で、純理は目尻に涙を滲ませながら上になっている永野を見つめた。

額にうっすらと汗を滲ませた永野の端正な顔には、こんなときでありながらどこかノーブルな輝きが潜んでいる。

純理が愛してやまない、大人の男。いまその瞳に映っているのは十九歳も年下の同性の恋人だけ。これからもそうであってほしい。できるならずっと。

だから、隠し事をした罰はいまここでちゃんと受けなければならない。

「永野さん…これ、おしおきだよね?」

ぴた、と永野の手が止まった。

「えーと…それは…」

「ちがうの?」

「いや…」

「いやその、別にそうじゃなくて。あれは、言葉のアヤというもので、べつに本気でおしおきしようとしたわけじゃないから、深く考えなくても――」

「じゃあどうして、今日はこんなにイジワルなの…」

単に苛《いじ》められていただけなのかと、純理はショックを隠せない。じわりと悲しい涙がこみあげてきて、ふっくらとピンク色の唇を震わせた。永野が慌てたようにその唇にキスを落としてくる。

「純理、誤解しないでほしい、その、これは……あの……」

「うん」

「あの……」

一心に永野の言葉を待つ純理の瞳に負けたように、永野はがくりと恋人の白い胸に突っ伏した。

「君があんまりかわいいから、ちょっと調子に乗っただけだ」

え、と純理は固まる。すぐに首から額までどっと赤面した。はっきり言われて恥ずかしいやら嬉しいやら。でも嫌じゃない。

「僕、苛められているわけじゃない？」

「絶対に違う」

「……かわいい？」

「泣かせたいほどにね」

もう観念したのか、あっさりと永野は甘ったるいことを重ねて言った。

「だから、おとなしく泣かされていなさい」

「あっ、あ…」

挿入されたままだった永野の指がふたたびいやらしく動き出す。ずっと昂ぶったままだった純理の身体はもうあと一歩で熱が溢れそうになっている。

三本に増やされた指で執拗に解《ほぐ》されたあと、そこに永野を受け入れた。待ちわびていたものをもらって、身体が歓喜にわななく。

「んっ」

奥まで侵略されて陶然としながら、純理は静かに射精していた。一瞬、意識が途切れる。

戻ったのは、永野に突き上げられたからだ。

「純理、悪い。もう止まらない」

なにかを耐えるように顔をしかめながら永野は激しく腰を使う。えぐるような強さがたまらない快感を生んだ。

一度放ったばかりなのに、すぐに純理は性器を勃ちあがらせてしまう。

「あ、また、また…っ」

「純理、いいよ、何度でも」

「でも、ごめ、なさ…っ、こんな……ッ」

簡単に漲ってしまった性器に、永野が愛撫の手を伸ばしてくれる。すこし乱暴に扱かれて、純理は嬌声を迸らせた。

永野をくわえこんでいるそこが、もっともっとと貪欲に蠢いているのがわかる。吸い付くようにして永野を包みこみ、離さないのだ。そうしようと思ってしているわけではない。どうしてそうなってしまうのかもわからない。

「すごい、純理…っ、たまらない…」

「永、永野さ、あっ、いっ、いい、そこ…っ」

「ここだろ?」

「あーっ、い、あーっ、あっ、あっ、また、イッちゃ、イッ…!」

永野の息も荒くなっている。ソファがぎしぎしと悲鳴を上げていた。

いつの間にか純理は片足を永野の肩にかけられ、とんでもない格好になっている。けれど羞恥を訴えている場合ではなかった。神経が焼き切れそうな快感の中で、ただ永野の腕に爪を立てることしかできない。

「純理、純理」

「あっ、あっ、あーっ、あーっ、いっ、イク、永野、さっ、あっ、もう……っ」

「純理、愛しているよ」

「い……ッ！」

吐息まじりの愛の言葉と同時に、純理はすべてを解き放っていた。その直後に、身体の奥で熱い奔流を感じる。

だが打ち込まれた灼熱の楔《くさび》はなかなか萎えない。息も整わないうちに、永野がぐいっと腰を入れてきた。

「あっ、ん…」

そそぎこまれた体液が、ぐちゅっと濡れた音をたてる。心を半分どこかへ飛ばしてしまっている純理の体を、繋がったまま永野がぐるりと反転させた。四つん這いにさせられたと思ったら、すぐさま後ろから揺さぶられ始める。

「あっ、あっ、あっ、待っ、永、野さ、待って…っ」

「待たない。君がかわいすぎるのが悪い」

「そんな…っ、ああっ」

背後から胸を探られ、つんと尖ったままもとに戻れないでいる乳首を摘まれた。びくんと背中を波打たせ、くわえこんでいる永野をきゅっと締め付けてしまう。それがまた純理にも快感となった。

「純理っ、く……よすぎる……」

「永野さぁん、あん、あっ、んんっ」

勝手に腰が揺れてしまう。誘うように、いやらしく。

「純理っ」

「あっあっあっ、あーっ、いや、あーっ」

脳が蕩けてしまいそうな快感に襲われ、純理は立て続けに頂へと押し上げられた。

「あ、あ……あ…」

「う、く…ッ」

びくびくと跳ねる細い腰を抱きしめ、敏感な粘膜に永野が情熱の迸りを叩きつけてくる。

身も心もひとつになっていく感覚に、純理はたとえようもない幸福を感じた。


撮影の日時は三月末と決まった。純理がモデルを引き受けて十日後である。純理の学校が始まってしまう前にと、井戸田が急遽《きゅうきょ》スタッフを揃えてくれた結果だった。

「本当に行くの」

撮影当日、待ち合わせ場所に現れた永野に、純理は今更ながらの確認を取る。

「行くとも」

永野はごくカジュアルなスタイルで来ていた。薄手の真っ白いレザージャケットとベージュのチノパンという格好だ。何気なくオシャレで、人ごみにこうして立っているだけなのに目立

つ。

純理とて、いつものジーンズとシャツに春もののブルーのコートという特に奇をてらった格好ではないが、小柄ながらバランスが良く、その容貌とあいまってかなりの注目をあびている。けれど、上背《うわぜい》のある永野がそれ以上に人目を集めていた。

「じゃあ、行こうか」

おもむろにジャケットから取り出したサングラスをかけ、あたりを睥睨《へいげい》すると永野は純理をタクシーへと促した。

中央区にある出版社の近くのスタジオへ、二人はタクシーで行った。外見は普通のビジネス系雑居ビルにしか見えない建物の地下で、井戸田は純理を待っていた。

「こんにちは、緒川君！　ああ、来てくれたんだね、嬉しいよ、すごく嬉しいよ！」

朝十時から井戸田はハイテンションだ。挨拶もそこそこに純理に駆け寄り、感激の握手である。クセなのか、次には抱きつこうとしてきた。

「こんにちは、井戸田さん。先日はどうも失礼しました」

井戸田の前にすかさず半身を割り込ませたのは永野だ。ゆっくりとサングラスを外しながら、上から居丈高《いたけだか》に見下ろす様は、なんとも迫力がある。スタジオで準備中のアシスタントや編集部の人間が、みな何事かと注視《ちゅうし》していた。

「あの、えーと、緒川君の……なんでしたっけ？」

「叔父です。あのときは自己紹介もせずにすみませんでした」

　ええっ、叔父って、親戚のおじさんになっちゃったの！　純理は驚きを表情に出さないようにするのに懸命にならなければいけなかった。

「今日は保護者代表として来ました。邪魔はしませんのでスタジオの隅に置いてもらえますか？」

「あ、ああ、もちろん、いいですよ。どうぞどうぞ。叔父というと、あー、どっちの親戚筋ですか」

「純理の母親の弟です」

「ああ、そうですか」

　緒川万里の弟でなかったことに、井戸田はホッとしているようだった。

　そのあと、やっとスタッフに紹介してもらい、挨拶をする。井戸田が言っていたとおり、スタイリストとメイクもいる。本格的なグラビア撮影だった。

「えーと、まずこれを着てもらえるかな。ミクちゃん、メイクお願い」

「はーい。じゃあ、緒川君、こっちに来てくれるかな」

　別室へと促され、純理はつい心細くなって永野を振り返ってしまう。じっと様子を眺めていてくれた永野が、にっこり笑って「大丈夫だよ」と手を振ってくれる。それだけで安心して、純理は別室へ入った。

まるで真夏の海岸並みだと、純理はふぅ、とひとつ息をつく。

ライトが眩しい。熱い。けれどなんでもない顔をしながら、井戸田が押すシャッターの音を聞く。

白のバックに白いシャツ一枚きりで座り込み、上から撮られる。

「目を閉じて」と言われて目を閉じ、「笑って」と言われて微笑む。「ちょっと睨んで」と言われれば、その通りに睨んだ。自分でも驚くほど緊張せずに表情を作ることができていた。

このスタジオの中には、井戸田のアシスタントとヘアメイクだけでなく、編集部とテレビ局からも人が来ていた。あわせると十人くらいになる。全員が息をひそめて純理と井戸田を見守っているはずだったが、ライトの外側は純理の意識から消えていた。

メイクを済ませライトが囲む場所に立たされた当初は確かに緊張していた。それがシャッター音を聞いているうちに、いつの間にか複数の他人に意識を向けられていることが気にならなくなり井戸田にだけ集中していたのだ。

井戸田の声だけを聞く。シャッター音が自分の鼓動に重なってくる。まるで呼吸するように自然に動くことができた。

今度は黒いシャツを着る。毛足の長い白いラグの上に寝そべった。

「いまマイブームってある？　お気に入りのものとか」

井戸田がアシスタントからフィルムを換えたカメラを受け取りながら何気なく聞いてきた。

「んー、ありますよ。いま持ってるし」

「なに？」

「えへへ、見ます？」

純理はパッと立ち上がると裸足のまま着替えに使った別室へ駆け込み、自分のショルダーバッグの中から白うさぎのアイピロウを出して戻った。

「アイピロウ。かわいいでしょ」

「もしかして不眠症対策？」

「まさか。不眠症に見えます？　これは修学旅行のお守りがわりにって、もらったんです」

「じゃあ、それのおかげで無事にオーストラリアに着いて、ぼくと出会えたってわけかな」

「そうかも」

調子に乗ってアイピロウを抱っこしたり目の上に乗せたりしたら、井戸田がシャッターを切る。

「緒川君、今度はなにかイイコト考えて」

「イイコト？」

「例えば、好きな人のこととか」

おや、と純理は井戸田を上目遣いに見たが、永野のことを当てこすっているわけではないらしい。根っからの天然だが、どこか不思議に鋭い井戸田らしいと言えばらしいが。

白うさぎのアイピロウを贈ってくれた張本人だとも教えていないのに。

ライトの外側の暗がり、スタジオの隅に立って自分を見つめているだろう恋人のことを、純理は脳裏に思い描く。そのまま純理に代わってモデルにでもなれそうな、スタイルのいい永野。端正な顔にときおり浮かぶ、悪戯っぽい笑顔が見るものをどきどきさせるオトナの男。純理の初めての恋人だ。

今日は休みを取ってくれた。きっとこのあと部屋へ誘われる。部屋へ行ったら、することはひとつだ。いやべつに、ひとつではないが、純理がいましたいことの中で、肌と肌を触れ合わせることが一番なのだ。春休みはあと五日間しかない。次に会えるのは、また二週間後か三週間後か。

永野に抱かれたい。壊れるほどに。欲しがってくれると嬉しい。いくらでもあげたくなる。

「いいよ、緒川君、そのまま」

いったい自分がいまどんな表情をしているのか、純理はわからなかった。

「泣けるなら、泣いて」

すぐに永野のことで胸をいっぱいにしてみた。会えない日々の辛さ、切なさ、寂しさは、簡単に蘇ってきた。今夜は泊めてくれるだろうか。夜通し抱いていてほしい。そしてきっと、明日の朝、仕事に出かける永野を見送って自分は泣くだろう。

悲しい。寂しい。もっとずっといっしょにいたい。足りない。永野さんが欲しい。行かないで。ここにいて——。涙はまたたくまにあふれ、ぽろぽろと頬を伝った。

「こっち向いて」

カメラのレンズを見つめる。その向こうに永野がいるような気がして。

「はい、ＯＫ」

井戸田がカメラを下ろした。

そのとたん、まるで夢から覚めたように涙が止まる。目の前には、満足気な井戸田が立っていた。頬が上気している。

「ご苦労様。すごく良かったよ。ありがとう」

「……………こんなんで、よかったんですか」

「もうなに言ってんの。ぼく感動で指が震えてたんだよ」

純理自身は、そんなだいそれたことをしたつもりはない。白うさぎを手に立ち上がると、テレビガイド誌の編集者という無精髭の中年男と、テレビ局のプロデューサーというかにもな小太りの男が寄ってきた。純理があまり好きではない人種だ。

「いやぁ、良かったよ。さすが映画監督と女優の息子さんだねぇ。きれいだった。背筋がぞくぞくしたよ」

「これでこの号の売り上げは期待できますね。ドラマの視聴率もぐっと上がるんじゃないですか」

　勝手にしろって感じだ。純理は無言でぺこりと頭を下げ、着替えるために別室へと下がる。

　衣装はシャツとパンツだけなので脱ぐのは簡単だが、メイクはクレンジングで落とさなければならない。ミクちゃんと呼ばれていた女の人にやり方を教わりながら洗顔した。

「すごく良かったよ、緒川君」

「ありがとうございます」

「いいなぁ、若さって。お肌すごくキレイだし」

「ははは」

　こういう賛辞なら素直に受け止めて笑っていられる。

「ねぇ、これからもモデルでやっていくの？」

　軽い調子で聞かれたところにノックがあり、井戸田と永野が連れ立って入ってきた。ミクは気を利かせて席を外す。純理が自分の服を着込み、身づくろいを終えるまで二人ともなにも言わなかったが、雰囲気からなんとなくコトの流れが読めていた。

「あの、緒川君」

　純理がコートを着たところで井戸田が思い切ったように口火を切った。

「本格的にモデルをやらないか」

井戸田はごく真剣だった。

「ぼくが言っているのはファッション雑誌で服をとっかえひっかえしてニコニコ笑っているだけのマネキンじゃなくて、君という個性を売りにするモデルだ。君には才能がある。もしかしたら俳優としても花開くかもしれない。一瞬にしてイメージの世界に入り込めるなんて、普通できないよ。ファインダーを覗きながら、ぼくはもう……感動に打ち震えたよ……」

井戸田はほとんど涙ぐむ勢いで純理に訴えた。

彼が言っていることはわかる。純理も実感していた。この世界は自分に向いているんじゃないかと。我ながら驚くほど平常心で撮影されることができたし、かなり的確にカメラマンの要求に応えることができたたと思う。

だれからも、なにも教えてもらっていないのに。

「今回のこと、監督はなんて言ってた?」

「賛成してくれました。雑誌の仕事をとりあえずしてみることになったって言ったら、『やっとその気になったか』って笑ってましたよ」

素性を明かすことになったことも、ちゃんと伝えた。やはり父親は、一般人の息子より業界人になった息子の方が話しやすいらしく、ここ数日、にわかに会話が増えている。

純理はこういう親子関係もアリだと開き直ることにした。いままでよりずっといい。

「じゃあ、どうだろう、モデルを本気でやってみないか? ぼくが良心的な事務所を紹介するよ。仕事をきちんと選べるようにしてあげる。君をこのまま埋もれさせておくのは、なんだか許せないんだ」

「井戸田さん、ちょっと大げさ…」

「大げさなんかじゃないよ。ねぇ、叔父さんもそう思うでしょう？」

唐突に話を振られて、永野は苦笑いする。ひょいと肩をすくめ、ため息をついた。

「たしかに、背筋が寒くなるほどの迫力でした。スタジオ撮影が初めてだなんて、とても思えないくらいに」

「でしょう、そうでしょう、そうなんですよっ！」

味方を得たとばかりに井戸田はさらにヒートアップする。

「初めてであんな堂々とできるなんて、それだけでもすごいことなんですよ。それにモデルに一番必要な、カメラマンが意図することに応えてくれるっていう能力がズバ抜けている。しかも指示に従いながらも個性は失っていない。こんな子、ほかにいません」

ああ、と井戸田は祈るように両手を組み、天に向かってわめいた。

「今回で終わりなんて嫌だ。また君を撮りたい。もっともっといろいろなシチュエーションを試して、君の無限の可能性をフィルムに収めたい。今日で君を諦めようと決意していたけど、最後の涙で吹っ飛んだ。絶対に、絶対にもう一度、いや二度、三度、君を撮りたい」

熱弁をふるう井戸田の横で苦笑している永野に、純理はひたと視線をあてる。気づいた永野が視線を絡めてきた。

どうしよう？　純理は目で問う。心は半ば、決まっていたけれど。

好きにすればいいんだよ。永野が優しい笑みで小さくうなずいた。

この話を受けたのは、永野の元カノである由香を意識してのことだった。でもいまになって、そんなことは瑣末《さまつ》なことに思える。

初めての撮影を終えてみて、気持ちのいい充実感と達成感に指先まで浸っているからだ。すこし、自分に自信が持てたかもしれない。

「緒川君、ねえ、やってみてほしいな。プロとして」

「……事務所、紹介してくれますか？」

控えめにそう言ってみると、井戸田は飛び上がらんばかりに喜んだ。

「もちろん、もちろんだよぉ！　ちょっと待ってて！」

ぴゅっと部屋を飛び出していってしまう。たぶん連絡先をどこかへ取りに行ったのだろう。

純理はゆっくりと永野に歩み寄り、真っ直ぐに瞳を覗き込んだ。

「僕、やってみるよ。できるところまで」

「どこまでも見守っていてあげるから、頑張りなさい」

「うん…ありがと」

どちらからともなく唇を寄せ合う。触れるだけのキスをして、次は深く唇を割って……と意気込んだところに、速攻で戻ってきた井戸田がドアを思いっきり開け放って飛び込んできた。

「お待たせ……って、あれ、ごめん……」

ばっちり見られてしまった。おそらく最初から叔父と甥という関係ではないと気づいていただろうが、キスシーンを見てしまうとは思ってもいなかっただろう。はらりと井戸田の手からメモした紙片《しへん》が落ちる。

「はは、ははは……ごめん」

「いえ、悪いのはこちらです」

純理を抱き込んだまま、永野は余裕の笑みで答えたのだった。もちろん純理は額から首筋まで真っ赤になっていたが。


ふと目が覚めて、純理は深い海の底のような寝室に一人きりになっていることに気づいた。ベッドサイドの目覚まし時計は午前五時。

昨日、撮影を終えてから井戸田を交えて三人で食事をし、純理は永野のマンションにやってきた。それから長い時間をかけて、永野は純理を愛してくれた。次に会えるのは、やはり三週間後の土曜日だとわかったからだ。

「三週間分、抱きしめて」と言った純理に、永野はとても情熱的に応えてくれたのだ。最後はもう純理が音を上げるほどに。

何度も永野を受け入れた後ろはまだ異物感が残っているが、溢れるほどに注ぎ込まれた体液の名残はない。いつの間にか、永野がきれいにしてくれたようだ。

初体験は大晦日の夜だった。二回目はその三週間後。そのとき、純理は早くも失神するほどの快楽を教え込まされた。永野が上手いのか、それとも純理が敏感すぎるのか——両方だと思うのだが——以来、いつも事後のことははっきり覚えていない。永野の手によって、あらぬところまで清められている自分など、覚えていないほうが幸せかもしれないが。

純理は深海の色に沈んだベッドの中でシーツをまさぐり、まだほのかに永野のぬくもりが残っているのを確かめる。寝室の外でかすかな物音がしているところをみると、まだ出かけてはいないらしい。

純理はパジャマの上だけを羽織り、よろよろと寝室を出た。

「ああ、ごめん。起こしてしまったね」

リビングのソファでコーヒーを飲みながら早朝のニュース番組を見ていた永野は、すでにワイシャツにネクタイという姿だった。テレビの音はかなり小さく落としてあり、純理の眠りを妨げないように気遣ったのがわかる。

半分カーテンを開けた窓の外は、まだ暗かった。

「もう行く時間なの？」

「あと少し、かな」

永野は今朝一番のフライトらしい。純理はふらりと永野の横に腰を下ろす。

「そんな格好で寒くないかい？」

「……大丈夫…」

言いながら、ふぁ…とあくびが出る。むき出しの膝を、永野がそっと撫でた。

「とても扇情的《せんじょうてき》なスタイルなんだが、時間がないな」

昨日あれだけやっておいて、まだこの男はそんなことを言っているのかと、純理は呆れてものが言えない。若さからいえば純理が断トツのはずなのだが、永野のパワフルさには敵《かな》わない。

「純理…」

「…ん」

顎に指をかけられ、くちづけを求められて純理は目を閉じた。

優しくついばむ永野の唇はコーヒーの味がした。すぐに舌が入り込んできて、純理の舌をまさぐってくる。

永野のやり方をやっと覚えてきた純理である。まだ寝起きのはっきりしない頭のまま、身体だけが勝手に目覚め、貪欲に求めてくる永野の舌に応えた。

「あっ、ん…」

パジャマの薄い布地の上から乳首をいじられ、鼻にかかった甘えた声が出た。

　早朝から明るいリビングでなにをしているのだと、はっきり目覚めている純理なら羞恥に身を震わせるところだが、まだ朦朧《もうろう》としている意識下ではそこまで理性的にはなりようもない。

「あ、きもち…い…、ん…」

「乳首が気持ちいい？」

「ん………いい………」

「もっと？」

「うん……もっと」

　自制心など起きていないから、思ったままに純理はねだってしまった。

「行かないで…」

　夢と現実との間に混乱しながら、純理はいつも言いたくて言えなかったことを口にする。

「僕といっしょにいて。まだ、ここにいて」

「純理…」

「好き。永野さん……好き……」

　腕を伸ばして永野の首にしがみつく。せっかく結んだネクタイが歪むとかシャツが皺になるとか、いまの純理には考えられなかった。ただただ、素直な胸のうちを訴える。

「離れたくない…。すこしでも長く、いっしょにいたい。永野さん…」

「俺もだよ。いっしょにいたいと、いつも思ってる」

「永野さん…」

「純理」

「ん、もっと、キス……して」

唇を寄せて、また深いキスを交わす。舌を絡めて扱くように愛撫されると、口腔から背筋をびりびりと快感が走った。寝起きだからか、あからさまなくちづけのせいか、足の付け根が熱くなってくる。

「純理、好きだよ。愛している」

「永野さぁん…」

もっともっとキスして、と顔を寄せたが、唐突に身体を離された。不意に失ったぬくもりに、純理は頭がはっきりした。

あれ、ここはどこだっけ。夢じゃなくて現実だった？　と目をぱちぱち瞬かせて永野を見ると、働く社会人である恋人はなにやら決意を漲らせてすっくと立ち上がった。

「永野さん？」

「そこで待ってて」

永野は早足で寝室へ行き、すぐに純理の服とショルダーバッグを持って戻ってきた。

「すぐに着替えて」

「え？」

「いっしょに行こう」

いきなりの提案に、今度こそ純理は完全に目が覚めた。呆然としている純理の膝に、服をまとめてぽんと置き「急いで」と永野が急かす。純理はおたおたしながらパジャマを脱ぎ、服を身に着けた。

「行くって、どこへ？」

「新千歳《ちとせ》」

「千歳？　……もしかして北海道の？」

「そう。俺が操縦する機にやっと乗せてあげられるな。よかった、今日のフライトがたまたま国内で。パスポートなんていま持っていないだろう？」

永野は嬉しそうににっこりと笑う。つまり、いまから一緒に出かけて、北海道へ行こうということか。

「俺はすぐに千歳から中部国際空港へ飛ぶけど、午後の便で中部からまた千歳へ戻ってくる。今夜は向こうで一泊する予定だから、待っていてくれれば今夜はいっしょにいられると思うよ。君は俺が操縦する明日の朝の便で帰ってくることになる。どう？」

予期していなかった提案に驚きつつも、パアッと目の前が明るくなる。

出勤する永野をここで見送るのだと思っていた。三週間先までもう会えないと、昨夜は悲しみと寂しさをごまかすように何度も求めたのだ。

ついていけば今夜もいっしょに過ごせる。とても嬉しい。嬉しいが…。

「えっと……、いいの？　行っても」

「いいよ、もちろん。あ、まだ飛行機が怖い？」

純理は急いで首を左右にぶんぶん振った。

「たぶんもう大丈夫。オーストラリアからの帰りも平気だったし、ほら、これもあるし」

ショルダーバッグからちらりと見せたのは、例の白うさぎだ。永野は照れ臭そうにちょっと笑った。

「でも、その、僕がのこのこ付いていって、邪魔じゃない？」

「コックピットには入れないからね」

「そんなのわかってるよ」

永野は純理を連れて行くことに抵抗はないらしい。それならばそれでいい。

「でも春休み中なのに、席は空いているかな？」

「大丈夫。北海道の観光シーズンは夏だ。スキー客がいるだろうが、夏ほど混まない。もし満席でも、一つや二つはどうにかなる。俺がどうにかするから。今日と明日は天候も良さそうだ」

永野はまるで悪戯を思いついた子供のようにうきうきしている。なんだか純理もうきうきしてきて、慌てて身支度を整えた。

顔を洗って歯を磨いて部屋中の電気を消す。二人は並んでマンションを出た。まだ今日はいっしょにいられるんだと思うだけで、春まだ浅い早朝の冷たい空気も気にならない。

マンションのエントランス前には、すでに来ていたハイヤーが停車していた。

「行こう」

「…うん」

永野が差し出してくれた手を、純理は微笑みながら握り返した。幸せがたくさん詰まったぬくもりに、思わず涙がこぼれそうになる。

大好き。永野以上に愛せる人は、たぶん現れないと思う。

それほどに離れたくない。離したくない。この人がそばにいてくれたら、なんでもできそうな気がするから不思議だ。

井戸田が純理に紹介しようとしてくれていた事務所は、永野の元カノ、由香が所属しているところだった。純理は父親に連絡がつきしだいそう話し、事務所に登録するつもりだ。

もし事務所や仕事先で由香に出会っても、この間のように精神的にぐらつくことはないと思う。

きっと大丈夫。自分にだってできることはある。永野がずっと見守ってくれる——。

「わぁ…」

ふたりしてハイヤーに乗り込み、早朝の都心を駆け抜ける。

「こんな早い時間の六本木って見たことなかった」

純理と永野は視線を絡ませ、同時に笑った。やっぱり涙が出そうになって純理は慌てて俯いたが、永野には感づかれたようで、痛いほどにぎゅっと手を握られた。

「夏休みにはもっと遠くへ行こうか。どこがいい？　考えておいて」

「…うん」

どこへでも行くよ。あなたが連れて行ってくれるなら。

そんな純理の心の呟きが聞こえたのか、運転手に隠れるようにして、永野はずっと、ずっと純理の手を握ってくれていた。

おわり

君にくちづけ

「さて、そろそろ時間かな」

金曜日の夕方、永野は掃除機を片付け、一通りぐるりと部屋の中を点検した。

今日は学校帰りに純理がここへ来ることになっている。永野は今日と明日の二日間休みだし、明日は土曜日なので学校はない。純理は今夜ここにお泊まりだ。三週間ぶりのお泊まりに、永野は気合を入れて掃除してしまった。

「ソファは磨いたし窓も拭いた、ベッドのシーツも換えた、朝食用のパンも買った。よし、完璧」

鼻歌をうたいながら永野は着替えた。

純理とこうした関係になるまで、自分がまさか恋に浮かれる性格だとは思っていなかった永野である。携帯電話の待ち受け画面に恋人やペットの写真を使っている人種を、密かに呆れていたりもした。それなのにいま、自分がそれをやっている。携帯の待ち受けは決して他人には見せられない、純理の愛らしい寝顔だったりするのだ。もちろん、このことを純理は知らない。

さらに付け加えるなら、永野はカメラマンの井戸田に純理の写真をパネルにしてもらうよう頼んである。これも純理には内緒の話なのだが、井戸田には正規の料金を払うのだからなにも問題はないはずだ。あのときの純理は本当にきれいだった。ぜひ大きく引き伸ばしてパネルにしてほしいと井戸田に言ったら、快諾《かいだく》してくれたのだ。

だがパネルはなかなか届かない。井戸田が撮影したテレビガイド誌の純理のグラビアはかなり評判が良かったらしく、モデルだけでなくカメラマンにも仕事の依頼が殺到しているようだ。おかげで井戸田が多忙のあまりなかなかパネル制作に手がつけられない状態のようで、昨夜謝罪の電話があったばかりだ。

純理を撮ったおかげで井戸田の仕事が増えたと聞かされれば、永野はしかたがないとため息をつくしかない。いつでもいいからとパネルの納期は決めなかった。

永野は窓の外を見て、しとしとと雨が降っているのを確認した。まだ五月だが、今日は朝から梅雨のはしりのような天気だ。

初夏用の麻のジャケットをはおり、ポケットに携帯を入れようとしたらメールの着信があった。フリップを開くと、そこにある純理の寝顔にでれっと顔が崩れた。メールの送信者も純理だ。

『ごめん、ちょっと遅れる。でも絶対に行くから待ってて。それと、登も連れていっていい？永野さんに会わせろってうるさいんだ』

おやおや、と永野は苦笑する。すぐに『ＯＫ』の短い返事を送った。

岩槻登は純理のクラスメイトだ。話だけなら何度か聞いている。

純理たちが通っているのは幼稚部から大学まで一貫教育がウリの私立学園で、高等部からの途中入学は少数派らしい。一昨年の一年生時、クラスの中で純理と登だけがそうで、自然と仲が良くなったと聞いた。

たぶん、登にしたら、大切な友達がどんな男とつきあっているのか確かめたいのだろう。永野も恋人の親友に会ってみたいと思っていたので、かえって良い機会だ。あの純理の友達なら悪い子ではないだろう。できれば友好的な関係を築きたいものだ。

だが向こうもおなじ気持ちで来るとは限らない。いたいけな高校生に手を出しやがってと好戦的に来られたらちょっと厄介だ。恋人の親友の心証《しんしょう》は良くしておくにこしたことはないので、ご機嫌を取っておいたほうがいいだろう。純理は少食だが普通の高校生なら食べ盛りだ。美味しい焼き肉屋にでも連れて行ってあげようかなと、永野は大人らしい姑息《こそく》な手をごく自然に考えた。

永野の自宅は、六本木ヒルズの裏手にある分譲マンションだ。三年前に父親が亡くなり、ちょうど頭金になりそうな金額の遺産が分与されたので思い切って購入した。マンション購入は結婚準備かと同僚たちに勘繰られたが、ただ拠点となる部屋を持って落ち着きたかっただけだ。

実は、マンションを買ってからスペアキーを渡したのは純理が初めてだったりする。何人かとつきあっていたが、キーを渡すほどにプライベートのすべてをさらせる人物はいなかったのだ。

純理には二度目に会ったときに早々とキーを渡し、必要な暗証番号も教えた。我ながら気が早い。こんなことといままでなかった。だがキーを渡してしまうことで、純理の心も身体も手に入れることができるような気がしたのだ。

永野はマンションを出て、小雨《こさめ》が降る中、待ち合わせ場所のけやき坂通りのカフェへ向かった。カフェはあまり混んでいなかった。生憎《あいにく》の天気と、もうすこしで夕食の時間になるせいだろう。永野のように待ち合わせらしい数人の客がいるだけだ。

コーヒーを注文し、永野は一面ガラス張りの壁に目をやった。こうして愛しい人を待つのは苦ではない。傘をさして、きっとあたふたと小走りにやってくるだろう純理のかわいい顔を想像するだけで楽しいからだ。

約束の時間から十五分ほど遅れて、純理は想像通りあたふたとやってきた。ガラス越しに永野を見つけ、パッと花が咲いたように笑う。すこし離れた席の女性が思わず「わ、あの子かわいい…」と呟いたのが聞こえた。

どうだ、かわいいだろう、と声高《こわだか》に自慢したいところだが、永野はいつものようにぐっと飲み込んで純理に微笑み返した。純理は傘を畳みながら背後を振り返り、連れてきた友達になにやら文句を言っている。登というクラスメイトは、肩を竦めて苦笑していた。

彼は純理より五センチほど背が高く、全体的にがっしりした体格の高校生だ。茶色に染めた短い髪、ほどよく手入れされた眉がいまどきの若者だが、一重の目と座高がかなり高そうな身体のバランスが日本人そのものという感じだ。純理と並んでいるとまるで引き立て役のようだが、本人は気にしていない感じだ。

「待たせてごめんなさい」

開口一番、純理は永野にそう謝った。

「そんなに待っていないからいいよ」

「ほら、登、こっち」

「ども」

登はぺこりと頭を下げ、遠慮なくじろじろと永野を見つめた。

「おなじクラスの岩槻登だよ。名前と顔だけなら知ってるよね。修学旅行の写真見せたし」

「よろしく、登くん。永野です」

かぎりなく仕事用に近い笑顔で――ノーブルに見えると評判なのを知っている――座ったままではあるが頭を下げて挨拶すると、登は意表をつかれたような顔をした。たぶん永野が腰を低くして接してきたことが意外だったのだろう。

「あ、えっと、よろしく」

「こっち、座って」

純理は登を永野の斜め前に座らせ、自分は当然のように永野の隣に腰を落ち着けた。

「本当に遅くなってごめんね、永野さん。登のヤツがいっしょに行くって言っておきながら教室に忘れ物なんかするから」

なるほど、登クンは俺を試したかったらしい、と永野は内心苦笑する。待たせるのは相手の性格を見る方法としては良いと思うが、十五分くらいではあまり効果がないだろう。登としてはたぶんもっと待たせたかったのだが、純理が許さなかったに違いない。

「シドニーの空港で会いましたよね」

登が修学旅行先のことを言い出した。しらばっくれる必要はないので永野は鷹揚《おうよう》に頷く。

「偶然仕事先が重なってね」

「ジャンボのパイロットなんですよね」

「そうだよ」

「年は三十六って聞いたんですけど」

「今年の九月で七になる」

「そんな人が、どうして純理なんかに？」

「なんか、とはどういう意味で？　純理は人間的にとても魅力的だと思うけど」

「一回り以上も年下の男子高校生、という意味です。ゲイなんですか？」

恐ろしくストレートで、かつ、もっともな質問だ。

「登、おまえなに聞いてんだよ、やめろよ」

純理がびっくりして慌てている。まさか登がそんなことを聞きに来たとは思っていなかったのだろう。

「ゲイにしても、わざわざ淫行が問題になりそうな十七歳を捕まえなくても、あんたならよりどりみどりでしょうが。もしかしてこいつのオヤジに近づきたいの？　芸能人に興味あるとか」

「登っ」

立ち上がりかけた純理を片手で制しながら、永野は静かに笑った。

「芸能人には興味ないな。そもそも知り合ったとき、純理の父親が映画監督だなんて聞いていなかったわけだし」

「じゃあ、美少年好きのやばいゲイなんだ」

「そうかもしれない」

あっさり肯定したら、純理がぎょっとした。

「一目惚れだったからね。まさか自分がこの年になって美少年に転ぶとは思ってもいなかった。まさに青天の霹靂《へきれき》。だけど自分の直感というものを否定したくなかったから、即行で口説いた。靡《なび》いてくれて嬉しかったよ」

にっこりと純理に微笑んでみせれば、素直な恋人はポッと頬を染めて見せてくれた。

登は不味《まず》いものを食べてしまったような表情になって、親友の照れた顔を見やる。

「そうだ、登くん、このあと特に用事がないなら食事に行かないか。三人で焼き肉屋にでも行こうかと思っているんだけど、どうだろう？」

「焼き肉っすかッ」

思惑《おもわく》通り、登は敏感に反応した。とたんに目がきらきらと輝いて、涎《よだれ》を垂らさんばかりの形相である。純理はテーブルの下で永野の腿をつつき「いいの？」と確かめてきた。散々な言われようをしたのに食事を奢《おご》るなんて、とでも言いたいのだろう。

永野は安心させるように、そっと純理の太腿をてのひらで撫でた。脚の付け根でくっと指先に力を入れれば、純理の瞳は瞬く間に濡れてくる。すぐに吐息まで熱くなりそうな恋人の気配に、永野は慎重に手を引いた。

純理の身体に火をつけたら、自分まで巻き込まれてしまうのはわかりきっている。年甲斐《としがい》もなく溺れている自覚がある永野は、三週間ぶりの逢瀬に恋人も飢えていることを、図《はか》らずも確認してしまったのだった。


美味しいと評判の店は時間が遅くなればなるほど混む。永野は二人の高校生を引き連れて、すぐにカフェからその店へ移動した。開店時間が過ぎたばかりの早い時間だったために予約を入れていなくともテーブル席へ案内してもらうことができた。

「いただきまーす」

登はもう永野の人柄を見ることを放棄したらしく、ただひたすらに網の上に肉をのせ、口へと運んでいる。その食べっぷりは、まさに食べ盛り育ち盛りの十八歳高校生だった。

「すご…」

純理も唖然としている。学校帰りの寄り道はせいぜいファーストフードかラーメン屋だろう。友達同士で焼き肉屋になど行かない。登ががつがつと肉を食べている光景をはじめて目にした純理は、もう見ているだけでお腹いっぱいという感じだ。

「ほら、君も食べなさい。どんどん注文するから」

軽く焼いたカルビを小皿にのせてあげると、純理は恥ずかしそうに「ありがとう」と言う。

ああもう、どうしてこんなにかわいいかな……と永野はでれでれと下がってしまいそうな目尻を澄ました顔でこらえた。

登は遠慮もなにもなく、あっという間に十人前を空にした。もちろん、ごはんもおかわりしている。永野と純理もがんばって食べたが、二人合わせても登には遠く及ばない。しかもまだ余裕がありそうだ。

「もっと頼んでもいいよ?」

「え、いいっすか」

じゃあタン塩二人前、と通りすがりの店員にオーダーしている。純理はげんなりした目で席を立った。

「ちょっと、お手洗い…」

たぶんもう純理は食べないだろう。永野は店員に頼んで純理の席の小皿と、氷が融けてすっかりぬるくなっているウーロン茶のグラスを下げさせ、新しいものを持ってきてくれるように言った。

「……優しいなぁ、アンタ」

「そうかな」

「スッチーとかに、もてもてなんじゃないの」

キャビンアテンダントと言ってほしいなどと、永野は余計なことは口にしない。登は純理が不在中にこういうことを話してしまうつもりなんだろう。永野は流れに乗った。

「否定はしないよ」

「やっぱモテるんだ。この顔で高給取りなんだもんなぁ〜。あたりまえっつったらあたりまえかぁ。でも、アンタは純理がいいんだ。淫行で捕まっても」

「そこを指摘されると辛いものがあるが、まぁ、そういうことだね。俺はあの子が欲しい。だれにも渡したくない。できればずっと大切にしていきたい。それが正直な気持ちだ」

「うわぁ、サラッと寒いこと言うなよ。背中がぞっとしたぜ、俺っ」

「君に言ったわけじゃない」

「言われてたまるか」

登は飾り気がなくて年相応で、当然のように裏表がない。この高校生とは気楽に話ができると、永野は登を気に入り始めていた。大人のズルイところが嫌いな純理が、登のこういう性格を好きになったのは自然なことだろう。

「純理は学校でどうなんだ?」

「想像つくと思うけど、いろんな意味で注目の的ってヤツ。遠巻きに、だけどな。あの顔で、性格が天然入ってるから、だれが見てもカワイイじゃん。だけど本人が騒がれるのキライって、みんな知ってるからお行儀よくしてたぜ。大切なアイドルだからさ、あいつを悲しませたり怒らせたりは、みんなしたくないわけ。ご機嫌で笑っててほしいの。わかる?」

「わかる」

「癒《いや》し系だったんだよな〜」

登は過去形でしゃべっている。

「それなのに最近、だれかさんのおかげで、純理のやつ妙にエロくってさぁ。ぼんやり考え事しながらため息なんかつかれると、それ見てそわそわしているバカがいるんだよ。先生までヤバそうなのがいる」

永野のせいと断言され、むむむ、と口を歪めるしかない。

たしかに純理はセックスを知ってから時折危険なほどのフェロモンを醸し出すことがある。永野ですら自分を見失いそうになるのだから、精神的に未熟な高校生にとっては強烈だろう。教師には我に返ってくれと祈るしかないが。

「……そんなに危険なのか？」

「んー…まあ、校内でイタそうっつー度胸のあるヤツはいないと思うけど、注意はしてるよ。業界とちがって、一般人にとって純理のバックグラウンドなんて関係ないじゃん。捨て身になった高校生なんてケダモノと一緒だからさ、ま、俺と…あとクラスの高田ってヤツと、何人か純理本人には知られないようにして目を光らせてる。登下校もできるだけだれかが一緒になるようにしてっから」

それはすごい。まるで専属のSPだ。そこまでしてくれる登に、永野はふと疑惑を抱いてしまいそうになる。もしかして密かに純理を好きなのかと……。

「言っとくけど、俺、純理に特別な感情はないからな」

永野の心理状態を見透かしたのか、きっぱりと登は言った。

「あいつはかわいいと思うけどさ、絶対勃たない。やっぱ女の子が一番だって」

「そう？」

「単に友達を守りたいだけ。あいつってば無駄に天然だから」

無駄に天然とは。

「俺なんかにくだんねージェラシー燃やさないでくれる。純理が怒る。だいたいさ、そんなに惚れてんのに、モデルになれって背中押したのアンタなんだろ。聞いたぜ。純理が登録した事務所って、アンタの元カノがいるところらしいな」

お茶を噴き出しそうになってしまった。純理はそんなことまで登に話していたのか。

「偶然なんだ。カメラマンの井戸田という男が紹介してくれたところが、たまたまおなじ事務所だったという…」

「元カノ、すっげー美人なんだってな。なんでそんな美人を手放しちゃったの」

登は意地が悪そうな笑顔でツケツケと言ってくる。動揺した自分に軽く腹が立ち、永野はムッとして言い返した。

「純理の方が美人だ」

登はげらげら大笑いする。酒は飲ませていないはずなのに、カルビで酔ったのか。

「アンタ、マジで惚れてんだ~。いい年したオッサンのくせに」

「オッサンで悪かったな。ほら、見てみろ」

永野もカルビで酔ったらしい。ポケットから携帯電話を出して、自慢げに待ち受け画面を見せてしまったのだ。

純理の愛らしい寝顔。永野に失神するまで可愛がられ、疲れ果てて眠っている純理は、剥き出しの首筋や肩に赤い鬱血が点々とついている。明らかにキスマークだ。

「うわぁ、やるかよ、こんなこと。フツーしねぇぜ」

「どうだ、美人だろう」

「目ぇ閉じてるじゃん」

「眠っていてもわかるだろう」

「わかるけどさぁ、俺は起きてる純理を知ってるし。でもこれ、マジ、淫行で捕まっても文句言えないんじゃねーの。ヤバいって」

「ヤバいから、純理には内緒だ」

「知られたら、即、消去されると思う」

「だから内緒だ。バラすなよ」

登はまたげらげらと笑った。そこに純理がトイレから戻ってきたので、永野はさりげなく携帯をしまう。腹を抱えて笑っている登を、純理は胡散臭《うさんくさ》げに眺め「どうしたの」と聞いてきた。

「カルビに酔ったらしい」

肩をすくめて永野が答えると、登はまた盛大に吹き出した。


純理の様子がおかしい。焼き肉屋で登と別れてからだ。

お泊まりグッズが入ったショルダーバッグを持ってあげようと永野が言ってもむっつり黙って首を横に振り、いつもはわざとゆっくり歩くマンションへの道も、一人ですたすたと歩いていってしまう。なにか機嫌を損ねるようなことをしただろうかと、永野は自問自答をくりかえしながら、しかたなく無言で純理のあとをついていった。

エントランスを通り、エレベーターに乗っている間も、純理は視線をそらして永野を見ようとしない。部屋に通したあとも、それは変わらなかった。ぎゅっと口を閉じて硬い表情の純理をリビングのソファに座らせ、永野はとりあえずコーヒーを淹《い》れようとキッチンに立つ。

カウンターの内側から、ちらちらと視線を飛ばしながら純理の様子をうかがい、永野はペーパーフィルターと豆の用意をした。

純理はまるで見知らぬ家に連れてこられて警戒しまくり、毛を逆立てている猫のようだ。ぴりぴりと神経を張り詰めさせ、じっと動かない。

本当にどうしたんだろう。制服のブレザーを脱ぐこともしないなんて。

純理はだいたいいつも永野の前ではご機嫌で、悲しそうだったり怒ったりマイナスの感情を見せるのは、帰らなければならない時間が迫ってきてからだ。

いまから三週間ぶりの楽しい時間が始まるというのに……。

湯が沸き、永野はコーヒーを淹れる。良質な豆の芳醇《ほうじゅん》な香りが部屋いっぱいに広がった。

「はい、どうぞ」

にっこり微笑みながら純理の前にカップを置く。ついでに純理の隣に座った。

純理は疲れたような息をひとつつき、カップを手に取る。コーヒーのリラックス効果を狙ったのだが、どうだろう。一口飲み、純理はほんのわずかだが力がぎゅっと入っていた肩を落とした。

「ねぇ、純理…」

なにか気に入らないことがあったのか、と聞こうとしたら、永野の携帯電話が鳴った。

純理と二人きりのときは、できるだけ電源を切っておくようにしているのに、今夜はうっかりしていた。舌打ちしたい気分で携帯をポケットから取り出す。同僚の浜野という男からだった。絶対にたいした用件ではないが、もし万が一と思うと着信を見てしまった以上、出なくてはならないと思ってしまうのは永野の性格だ。

「ちょっとごめんね」

純理にことわってから、その場で電話に出た。

「もしもし」

『よう、オレー。いま暇じゃねぇ？　飲みに行かないか？』

どうせこんなことだろうと思っていた。メールだったら無視できたのに、同年代のこの男は永野同様、メールを打つのが面倒くさいのだ。

「行かない」

『いや実はさ、脇田がナースを何人か連れてくるって言ってんだよ。急な話なんでだれに声かけようか、これでも迷ったんだぜ。向こうのレベル、かなり高いらしいから、こっちもそれなりに粒を揃えておかないと。そこで俺はおまえに――』

今回に限りあなた様だけを、という悪徳商法とどこが違うのか。あまりにもくだらなくて怒鳴りたくなるのをすんでのところで抑え、永野は「ほかのヤツを誘え」とだけ言い捨てて通話を切った。

「ナースと合コン…」

純理の呆然としたつぶやきにぎょっとする。浜野の声が大きくて、聞こえてしまったらしい。

「当たり前だけど行かないから。君と知り合ってから、そういう集まりには一切顔を出していない。だれに聞いてくれてもいいよ」

大晦日に純理と出会ってからの五ヶ月間は、神に誓えるほど清廉潔白な永野である。

それなのに、

「………」

純理はぼんやりと手の中のカップを見つめている。

「あの、純理…」

本当にどうしてしまったのかと抱き寄せようとしたら、今度は携帯がメールの着信を知らせた。軽い電子音につい条件反射でだれからのものなのか確かめてしまう。登だった。別れ際に名刺を渡したので、さっそく送ってきたらしい。

『今日はごちそうさまでしたー。ヤバイくらいうまかったっス。純理の純は純情の純。純粋の純でもアル。大事にしてくれ。ｂｙ　花嫁の兄』

思わずぷっと笑ってしまいそうな文面である。純理とは同級生なのに、たしかに登は兄のようだった。彼がついていてくれるなら、純理の学校生活は安泰だろう。

「ほら、純理、登くんからのメールだ」

「……どうして登が永野さんに？」

「どうして、って……単なるお礼じゃないか？」

文面を見せようとしても、純理は目を背《そむ》ける。ひどく頑《かたく》なに。

「僕の携帯にはなにも届いていないみたいなのに、どうして永野さんにだけ…」

「だから食事の礼だと思うけど」

「登を気に入った？」

「もちろん。いい子だね」

さすが君が選んだ友達だ、と続けようとしたのに、純理はやにわにカップをテーブルに置いた。すっくと立ち上がる。

「僕、帰る」

「え……」

驚いている間にすばやく純理はリビングを出て行こうとしている。

「ちょっ、ちょっと待った。純理、どうした？　今夜はここに泊まっていく予定だっただろう？」

三週間ぶりに会えたのだ。機嫌を損ねた理由がわからないまま帰せるわけがない。永野は純理の腕を摑み、力任せにならないよう気遣いながら引き止めた。

「純理、どうしたんだ。なにを怒っているのか言ってくれ」

「……怒ってなんかない」

「じゃあその、気に障ったことはなにか教えてくれ」

できるだけソフトな口調を心がけながら、永野は純理の仏頂面を覗き込む。純理は黒目がちな瞳を潤ませ、床を睨んでいた。泣きそうになるほどのことがいったいいつ起きたのかと、わけがわからなくて永野はうろたえる。

「純理、頼むから、言葉にして言ってくれ。黙っていられたらわからない」

「………」

「純理」

答えを急かすように肩を揺すれば、純理がしぶしぶといった感じで唇を動かした。

「…登…」

「登くん？　彼がどうかした？」

「な、永野さんは、僕よりあいつの方が気に入ったんでしょ」

「は？」

最大級のマヌケ面をさらしてしまった永野である。

純理は目にいっぱい涙をためて、唇を震わせていた。

「今日、はじめて会ったのに、すぐ仲良くなって……永野さんも登も楽しそうに喋ってた…。僕…まさかこんなことになるなんて…思ってもいなくて…。バカだね」

「じゅ、純理？」

「登が永野さんに会いたいって言ったとき、ぜんぜん深く考えなかった。たぶんあいつ、シドニー空港で永野さんを見かけたときから好きだったんだと思う。永野さんを好きな気持ちは、僕だれにも負けないつもりだけど、永野さんの方が僕以外の人を好きになっちゃったのならもうどうしようもないよね…。登ってすごくいいヤツだから。二人とも、これから僕のことなんて気にせずに仲良くして…」

ふと口を閉じ、純理は黙り込んでいる永野を振り返った。

魂がどこかへ飛んでいってしまった永野は、ただ愕然と立ち尽くしている。ふらりと後ろによろめき、純理の腕を摑んだまま、よろよろとソファに戻った。引き摺られるようにして純理もソファに座る。

「…………純理」

「…はい」

「いまの、本気で言った？」

頭痛がしてきて、永野は空いている手で頭を抱えた。

「本気で、俺が登くんを好きになったって思ってるわけ？」

「…………だって、そうでしょ」

「そんなことあるわけないだろう！」

衝動的に怒鳴ってしまい、永野は純理のびっくり顔にすぐ我に返る。

「ああ、ごめん。大きな声を出して悪かった。あまりに突拍子もないことを聞かされて動揺してしまった…」

「え……」

首を傾げる純理に、永野は嚙んで含めるように訴えた。

「純理、よく聞いてほしい。俺がいま好きなのは君だけだ。登くんは君の大切な友達だという認識しかない。今夜は君のためにと登くんをもてなした。彼が喜ぶだろうと思って評判の良い焼き肉屋へ連れて行ったんだ。彼と仲良くなろうとしたのも、すべて君のため。日常生活の中で父親よりも身近な存在である登くんを敵に回すわけにはいかないから、好感を持ってもらおうとしただけだ。決して、彼を君以上に好きになったわけじゃない。わかる？」

純理はしばし考え、じわじわと俯いた。

「登くんだって、俺とどうこうなんてこと絶対に考えてはいない。ほら、さっきのメール、見てごらん」

携帯をつきつけると、純理はおずおずと文面を目で追う。誤解はなくなったかなと純理の顔を覗き込み、永野はうっと硬直した。なんと純理は長いまつげに涙の粒をからめ、いまにもぽとりと落としそうにしている。

いったいなんなんだ。どうして泣く？　登のメールに感動したのか？

「……よかった……」

「純理？」

「永野さんッ」

ガバッとばかりに純理がぶつかるように抱きついてきた。難なく受け止めたが、年のせいか、さっきからのめまぐるしい展開に精神面がなかなかついていけない。

「永野さんは、僕のものでいいんだよね。こうしていても、いいんだよね」

「もちろん」

「よかった…」

純理は永野の胸でしくしくと泣き始めた。こんなことで泣くなとは言えない。それだけこの子の心は、初めての恋人のことでいっぱいなのだろう。それだけ想われていて、永野は嬉しいと思った。

永野は純理の髪を撫でてあげながら、二ヶ月ほど前のことに思いを馳せた。

デートの帰りに、偶然、かつての恋人である由香と会ってしまったことがある。あのとき、純理はどれだけこの小さい胸を痛めたのだろう。永野が登と楽しそうに喋っただけで純理は嫉妬のあまりとんでもない誤解をしたくらいなのだ。きっとこんなふうに一人で泣いたにちがいない。

「永野さん、大好き…」

くぐもった声ですすり泣きのあいまに純理は呟いた。

「俺もだよ。君以外は考えられない。登くんには悪いが、俺は面食いなんだ」

純理はピタリと泣き止み、しばらくしてから今度はクスクスと小さく笑い始めた。ゆっくりと上げられた顔はまだ目尻に涙をまとわりつかせていたけれど、微笑みが戻っている。

「…ごめんなさい…。変な誤解して…」

永野はほっと安堵し、純理の華奢な身体を膝の上に抱き上げた。

「妬いてくれるのはいいけど、突然結論を出して帰るのはちょっと勘弁してほしいな」

「うん…。ごめん」

永野は自分がどんな表情をしているのかよくわからなかったが、純理はとても申し訳なさそうな目で見つめてくる。白い手でそっと労わるように永野の頬を撫でた。

「これからは、なにか気にかかることがあったら、些細《ささい》なことでもいい、俺に直接聞いてほしい。なんでも答えるから」

純理はこくりとうなずき、もう一度「ごめんなさい」と呟いた。

「…もしかして、すごくびっくりした?」

「もしかしなくても驚いたよ。登くんと、なんて万が一にもナイから」

純理はふふっと笑い、じっと永野の唇を見つめた。そのまなざしは、にわかにじわりと色を滲ませるように重くなる。誘っていた。これが意識してのことではないのだから、この子は天性の魔性だと思う。

キスしてほしいのだろう。永野もしたいのはやまやまだが、なにせ三週間ぶりだ。唇に触れてしまったらそれだけで済むとは思えない。焼き肉屋の匂いを全身に染みこませたままセックスになだれ込むのは遠慮したかった。

「純理、お風呂に入っておいで」

「……うん」

頷きながらも、永野の膝の上から下りようとしない。離れ難いのだ。それはわかる。腰のあたりを服の上からぐっとてのひらで撫でさすると、純理は熱のこもった吐息とともに目を細めた。ぞくっとくるような色香だ。たまらない。

「いっしょに入ろうか」

最善の解決策を永野が口にすると、純理は頬を赤らめながら頷いた。

純理のために、永野は天然の海綿を買った。由香に聞いて肌に良いというボディソープを取り寄せたりもした。わざわざ電話をかけてそんなことを訊ねてきた元カレに、由香は呆れたような口調で対応していたが。

「自分でやるよ」

「いいから、俺が洗ってやるから…」

「でも………あっ」

泡立てた海綿で純理の真っ白い肌を洗ってやる。指先から肩、首、胸。

「んっ」

ただ洗っているだけなのに、もう純理の股間は反応を示していて、泡の中からちょっぴり顔を出していた。すぐにも愛撫してやりたいが、永野はわざと気づかないふりをして海綿を滑らせる。胸の突起に引っかかるたび、純理は小さな声を上げて腰をぴくんと震わせた。

湯気のせいだけでなく、純理の顔は赤い。

「もういいよ。もう…」

「まだだめ。ほら、ここも」

「あっ」

後ろにつるりと指を滑らせ、永野は泡にまみれた窄まりを撫でた。普段は慎ましやかな器官だが、セックスのときは柔軟に永野を受け入れ、淫靡に蠢く。最高の快楽を与えてくれる大切なところだ。

「そこ、そこは…っ」

「慣れてきたね。もう柔らかくなってきた」

「いや。言わないで」

純理は真っ赤になって永野の二の腕に爪を立ててくる。ささやかな報復を甘受しつつ、触れただけで解れてきたそこに指を沈めた。

純理はとっさにシャワーフックに掴まる。

「あっ、あ、いや…」

白い泡にまみれたまま、純理は切なそうに眉を歪めて喘いでいる。もう感じているのだろう。少年らしい可憐な性器は完全に勃っていた。指を二本にすると、もっと顕著に腰をくねらせる。立っているのが辛くなってきているだろうが、純理はなにも言わなかった。

純理は永野と出会うまで経験がなかった。セックスのすべてを永野から教わったのだ。永野のすることが基準なため、一切逆らわない。それがかわいくてたまらなかった。

上気した頬よりも紅く熟れた色をした小さな唇に、永野はくちづけた。舌を絡めあいながら後ろをいじれば、純理は限界に近くなった自分の性器を永野に擦りつけてくる。拙い痴態がまたかわいい。

「な、永野、さ…っ」

「一回いっておく？」

「………」

純理は半泣きの顔で逡巡している。なにを迷っているか、永野は埋め込んだ二本の指から知っていた。

「ここに、欲しい？」

指をぐりっと抉るようにすれば、純理は「あっ」と仰け反る。

「欲しいなら欲しいって言ってごらん」

意地悪く囁いた。純理は震える唇をかすかに開く。なにかを言ったが、聞こえなかった。

「なに？　聞こえないよ。もっとはっきり言わないと」

「……欲しい……」

「もう一度」

「……入れて……欲しいの……」

今日のところは合格。恥らう様子も最高にかわいい。そのうちもっと卑猥なセリフを言わせてみたいものだ。

シャワーで泡を流しながら純理の両手を壁につかせ、腰を後ろに突き出させるような体勢にした。

「いや、ここは…」

純理は鏡と向き合うことになってしまい、うろたえた声で弱々しく抵抗した。だがそんなもの、永野にとって媚態にしかならない。自分の欲情した表情と股間の屹立《きつりつ》を鏡の中に見てしまい、純理の白い首がサッと刷毛《はけ》ではいたように赤くなった。

永野は純理の片足を持ち上げる。ますますいやらしい絵になり、純理は目を伏せた。

「永野さん、いや、こんなの」

「ここで欲しいと言ったのは君だよ」

「待って、待っ……ん！」

背後から貫いた。指で解されていたそこは、永野を柔軟に包み込んでくれる。温かな締め付けは、腰が痺れるような快感を生んだ。挿入の衝撃に、純理の全身はいつもしばらく緊張する。力が抜けるまで待ちたいが、そうもいかないのが男というものだ。ゆっくりと動きだした。

「あ、あっ、あっ、んっ」

動きにあわせてゆらゆら揺れている純理の屹立を、永野はそっと握りこみ、擦ってやる。同時に内部のいいところを先端で擦ってあげたら、純理はすぐに射精してしまった。鏡に白濁した体液が飛び、ゆっくりと下へ垂れていく。

「ごめ、僕……もう……」

「我慢できなかった？」

耳朶を甘噛みしつつ囁けば、うっとりと目を閉じたまま「うん…」と純理は素直にうなずく。上げさせていた足を下ろし、永野は想いのたけをこめてぎゅうっと抱きしめた。

「好きだよ」

自然と口からこぼれてくる。日に日に大きく育ってくる気持ちは、言葉にして外へ出さなければ胸の中でパンクしてしまいそうな気がした。

そのままの体勢で抜き差しを再開する。射精したばかりの純理の性器が、また勃ちあがりつつあった。今度は胸の粒をいじる。

「ああっ、んっ」

純理はここも敏感だ。健気にも精一杯尖っているそれを指先で摘んだり、押しつぶしたりすれば肉襞が絶妙な動きをみせる。純理が感じている証拠だ。

「あっ、永野さ、あっ、いっ、あんっ」

「純理…」

いつしか腰をぶつけるような激しさで純理を攻めていた。大切にしたいのに、壊れ物を扱うようにしてあげたいのに、どうしてこうなってしまうのだろう。

最後には立っていられなくなった純理をバスルームの床に這わせ、永野は存分に欲望の証を注ぎ込んだのだった。


海の水底のような寝室で、純理は深く眠っている。ブルーのシーツに埋もれた、まるで無垢な幼子のような寝顔。永野は飽くことなく眺めていた。

剝き出しの細い肩に腕を回し、抱き寄せる。純理は安心しきった寝顔のままで擦り寄ってきた。

「…好きだよ…」

聞いていないとわかっていながらも囁かずにはいられない。恋人に対してこんなにもべたべたとした態度になってしまうのは初めてだった。いくら抱いても足らない。

バスルームで抱いたあと、当然のようにベッドの上でも愛し合った。何度も純理をいかせた結果、今夜初めてドライオーガズムというものを経験させてしまったらしい。射精がともなわない絶頂に、純理は呆然としたあと「怖い」と泣いていた。しがみついてくる純理がかわいくて、また兆してくるのだから永野も終わっている。

きっとこれを愛しているというのだろう。

三十代も半ばを過ぎ、やっと愛を知ったわけだ。相手がまだ十七歳の少年だというのが我ながら普通ではないと思うが、引き返したい、終わりにしたいとはまったく思わない。できればずっと、こうしてこの子を抱きしめていたい。

純理はまだ高校生だ。これからたぶんモデルをしながら大学へ進み、社会人になる。その間、いろいろなことがあるだろう。

永野は純理よりもすこしばかり人生経験を積んでいるので、始まりがあれば終わりがあることを知っている。これから自分たちがどうなるのかわからないが、愛しい少年の成長を見守ってあげたいと思う。

しがみついて離れない純理の滑らかな肩をそっと撫でながら、青いまぶたにキスを落とした。

「愛してる…」

眠っているはずなのに声が届いたのか、純理は微かに笑った。楽しい夢を見ているのかもしれない。その夢に自分以外のだれかが出ているのかもと考えただけで、情けないが永野は不愉快になった。

「純理、おまえを抱いているのは俺だぞ。永野だぞ」

夢の中を操作できないかと、永野はわざと自分の名前を囁いてみる。傍から見たら滑稽な行動でも、永野は大真面目だ。

若さゆえの情熱で想いをまっすぐ向けてくれる純理。その凛とした美しさも、いまだ未知数の才能も、永野はすべてが愛しい。

できれば、こんな幸福な夜がずっと続くといい。

永野はもう一度純理のまぶたにキスをしてから、目を閉じた。夢の中でもかわいい恋人に会えますようにと願いながら——。

おわり

あとがき

こんにちは。名倉和希です。ダリア文庫では二冊目になる「夜にくちづけ」を手にとってくださって、ありがとうございます。このお話は雑誌掲載の短編（大晦日の夜に出会ってから元旦の朝まで）に、その後の純理成長記を加筆したものです。

今回はパイロットなどという未知の職業のキャラクターを登場させてみました。私にとってはかなり冒険です。お仕事をしている場面がほとんどないので、パイロットらしくなかったかもしれませんが…。とはいえ、いろいろと話を聞かせてくれたK君、ありがとう。とっても参考になりました。この本はあなたに捧げます！　いらなくっても返品は受け付けません！

さかのぼること数年前、十数年ぶりの高校の同窓会で、私はかつてのピチピチ生きした姿はどこへやら…の同級生たちに、職業を聞きまくりました。そして「これは使える」と思った人には自分の名刺を渡しました。「いつか取材させてね」の一言つきで。ははは。

その中にK君がいました。高校時代の三年間、ずっと同じクラスだったK君ですが、卒業してからはまったく連絡を取り合っておらず、いまどこでなにをしているのか全然知りませんでした。職業を聞いた私はびっくり。大手航空会社のパイロットになっていました。しかも独身。住まいは六本木。当然、私は食いつきました。「いつか話を聞かせて〜っ」と名刺を渡して…。

実際に会ってくれて嬉しかったです。ありがとう、K君。待ち合わせに六本木のアマンドの前と言われて、ガイドブックで調べた私は完璧な田舎モノです。

それと、ご結婚おめでとうございます。美人の奥様を大切にね。「K君って面食い？」と聞いた私に、「昔から。知らなかった？」と澄ました顔でほざきやがったK君には拍手をおくりたいと思います。


さて、内容について少し。今回は年の差モノになりました。白うさぎのような可憐な少年と、経験豊富な大人の男というカップリング……ううう、大好物です。なにも知らない相手に手取り足取り腰取りして教えていくというのは、最高に楽しいでしょうね。

でも純理はこれからどんどん成長して大人になっていきます。そのうち俳優としてデビューするのではないかと思います。ラブシーンがあったりもするでしょう。純理は役柄にハマったら成りきってしまいそうなので、どんなきわどいことでもカメラの前なら平気でやってしまいそうです。そうなったら結構ジェラシー男だった永野さんが、密かに苛々したりするのでしょう。でもカッコつけだから、そんなこと純理に面と向かって言えない。ただ会えたときのセックスがしつこくなる…。永野さん、道を踏み外さないでくださいね。ふふふ。

それでは、この場を借りてお礼を。

今回のイラストは真生るいす先生に描いていただきました。ありがとうございます。雑誌掲載時の純理の可憐さには参りました。本が出来上がるのが楽しみです。

担当のMさん、これからもよろしくお願いします。純理の父親が主人公になっている同人誌(オヤジ受)を強引に送りつける私ですが、嫌がらずにつきあってください。オヤジの良さをわかれ、なんて無茶は言いませんから。たぶん。

そして読者のみなさま、ここまで読んでくださってありがとうございます。この本が出るころには、デビュー丸八年を過ぎ、九年目に突入していることと思います。九年目…この私がよくやってこられたな、というのが正直な感想です。すべて読者の方々のおかげです。これからもよろしくお願いいたします。

ホームページを作りました。画像は動かないし凝ってもいないHPですが、お仕事情報と日記だけはちまちまと更新しています。(アドレス　www.hpmix.com/home/wakiwaki/)

それではまた、どこかでお会いしましょう。

二〇〇六年十月　　名倉和希

大人の男の人がメロメロになっている姿は
可愛らしくて とても ときめきます。
登くんに悩み相談してそうです。マキ
純理から
しばらく会わない
ってメールが
ねえ登くん!!
これどう思う？
あー それで今日一日
暗かったんだー
勢いっすよ
勢い
今頃
後悔してますよー
何やったんすかー
永野さん
あお姉さん
特上カルビ三人前
追加ね
ジュー

ダリア文庫をお買い上げいただきましてありがとうございます。
この本を読んでのご意見・ご感想・ファンレターをお待ちしております。

〈あて先〉
〒173-0021　東京都板橋区弥生町78-3
(株)フロンティアワークス　ダリア編集部
感想係、または「名倉和希先生」「真生るいす先生」係

❋初出一覧❋

夜にくちづけ・・・・・・Daria 2006 2月号掲載分に大幅加筆・修正
君にくちづけ・・・・・・書き下ろし

夜にくちづけ

2006年10月20日　第一刷発行

著者　名倉和希

発行者　藤井春彦

発行所　株式会社フロンティアワークス
〒173-0021　東京都板橋区弥生町78-3
営業　TEL 03-3972-0346　FAX 03-3972-0344
編集　TEL 03-3972-0333

印刷所　図書印刷株式会社